君恋ファンタスティック

間之あまの

幻冬舎ルチル文庫

CONTENTS ✦目次✦

君恋ファンタスティック

✦カバーデザイン＝小菅ひとみ（omochi design）
✦ブックデザイン＝まるか工房

イラスト・高星麻子✦

君恋ファンタスティック

【1】


愛用の電卓に指先を置いたまま、榎本景《えのもとけい》は眼鏡の奥で涼しげな瞳《ひとみ》を少し細める。

(おかしい、計算が合わない)

さらりとした真っ黒な髪が愁眉《しゅうび》にかかるその姿はまさに白皙《はくせき》の美青年……というのはさすがにおおげさだけれど、生まれつき色白の景は清潔感のあるすっきりと整った顔立ちをしている。

本人としては細すぎるのを気にしているものの、すらりとした体つきは男子の平均ちょうどという実際の身長より高く見せてくれ、シルエットが綺麗《きれい》なスーツ姿は一般的なサラリーマンよりかなり端正だ。ちなみにファッションに特別興味があるわけじゃないのに統一感のあるスタイリングができているのは、社員としてすべて自社製品でそろえることで勝手に生じた同一ブランド効果だったりする。物静かで真面目、地味だけど何気に綺麗系の眼鏡男子というのが周りの評価。

見るからに几帳面《きちょうめん》な景は、実際に几帳面だ。神経質と言ってもいい。

だからこそ経理という仕事に向いている。

計算の合わない伝票をきちんとそろえ直して、気合いを入れるように背筋を伸ばした。

（もう一回初めから計算してみよう）

伝票に目を据えたまま、経理課以外の社員には「計算マシンみたい」と驚愕《きょうがく》される超スピードで手許《てもと》を見ることなく電卓を叩いていく。途中の一枚に桁《けた》の間違いを見つけた。念のために最後まで計算して他にミスがないことまできっちり確認。

（うん、問題はこれだけだ）

取り分けておいた一枚を手にすぐさま繊維メーカー担当者に内線をかける。事務関係の提出書類は後回しにされがちだからこそ期限をきったうえで再提出を依頼した。

（これでよし）

薄めの唇の口角が少しだけ上がる。表情や態度ではあまりわからないけれど、これでもぴったり数字が合ったことに満足と清々《すがすが》しさを覚えて少しテンションが上がっている。

本人も自覚しているのだけれど、景はあまり表情が豊かじゃない。内心ではちゃんと怒ったり笑ったり慌てたり照れたりしているのに、そういう感情と表情筋の動きに差があるらしくて「いつも落ち着いててクール」という評価をよく受ける。

実際にクールかどうかは置いといて、経理担当者として落ち着いて見られるのはいい。困るのは「冷たそう」「リアクションが薄くてつまらない」などの不興をかう場合だ。なまじ色が白いだけに「なんか蠟《ろう》人形っぽいよね」と悪気なく言われたこともある。固まったせいで無表情でスルーした風になったけれど、内心ではすごくショックだった。

とはいえ二十六年も生きていれば、自分の内面と周りから見える印象にギャップがある現実ともそれなりに折り合えるようになる。というか、景にとってはとっつきにくく見える方が都合がいいことに気付いてしまった。

なまじ人当たりがいいと、こっちが望む以上に周りの人との距離が近くなる。距離の近さは神経質な景には不快感に繫《つな》がりやすい。

(潔癖症ってほどじゃないと思うんだけど……)

潔癖気味ではある。それも、かなり重度の。

あまり親しくない人に気軽に肩や腕を触られたら気をつけていないと眉間《みけん》にシワが寄ってしまうし、自分のデスク以外で電話をとる羽目になったときには除菌シートで一度拭《ふ》きたい衝動にかられる。――一応我慢しようと思えばできるし、トラウマがあるわけじゃないから神経質すぎるがゆえの潔癖気味だろうという自己分析。

(こういう感覚を理解してもらいたいなんて、そう思う方が間違ってるんだよね)

なんて悟ったようなことを思う姿は、もはや孤高の道をゆく現代の隠者。

自分にとっての「当然」が相手にとっては違うという状態を受け入れられる人はそう多くない。いわゆる価値観が違う場合、互いがよほど努力をしないと理解し合えない。

しかも、努力をしても受け入れられないことだって往々にしてあるのだ。

（受け入れられないことで相手を傷つけることもあるし……）

苦い過去を思い出して眉根《まゆね》が寄りかけた矢先、オフィスとは思えない勢いで開いた両開きのドアに注意を奪われた。明るく高い声が総務部らしからぬエレガントな室内に響き渡る。

「えのちゃ～ん、わたくしにちょっと力を貸してくださらない？」

フランクに景をご指名してきたのはつややかなマッシュルーム頭が印象的な小柄な女性、何を隠そう彼女は勤め先の創業者である春姫《はるひ》社長だ。社員と自社製品をこよなく愛する年齢不詳のゴッドマザー。

本日の社長のお召しものは深緑の地に銀のボーダーというインパクトのある生地によるAラインのワンピース。全体を彩る立体刺繍《ししゅう》のせいか、十二月が近いせいか、さらびやかなクリスマスツリーを髣髴《ほうふつ》とさせる。企業の責任者としてはとんでもなく派手だけれど彼女の場合はこれが通常運転、しかもこのファッションを身に纏《まと》うだけの理由がある。

景の勤め先は『Sprince《スプリンセ》』というアパレルメーカーなのだ。

自分でもまさかファッショニスタたちの集うアパレルメーカーに勤めることになるとは思わなかったものの、どんなに華やかな業界でも縁の下の力持ち的ポジションの仕事をする人間は必要だ。景は五人いる経理課の一員としてスプリンセに勤務している。

十センチはあるハイヒールを軽やかに鳴らしてデスクに向かってくる春姫社長を立って迎

えながらも、デザイナーでもある経営者のために何ができるのかわからない景は怪訝《けげん》そうに少し眉を寄せた。

「力を貸すと言いましても、私はいったい何をすれば……？」

「わたくしの甥《おい》の事務所で経理のお手伝いをしてほしいの」

語尾にかぶるように告げられたのは思いがけない内容。景が何か言うより早く、鮮やかなルージュをひいた唇が言葉を溢《あふ》れさせた。

「ええ、ええ、言われなくてもわかっているのよ現在十一月末だもの、来月にかけて経理の子たちはものすごーく忙しいのよね、本当に無茶をお願いしようとしているのよね。でも緊急事態なの。総務部長とはさっきお話をして了解をもらったからあとはえのちゃんが出向を引き受けてくれるかどうかなんだけど、人見知りのえのちゃんにこういうことをお願いするのは本当にすごく心苦しいんだけど、あなたなら仕事が速くて確実だし、天然タラシと仕事をしてもころりと落ちるようなタイプじゃないから一人で出しても安心なのよ。お願いよえのちゃん、力を貸してちょうだい」

おしゃべり好きな人ならではの早口でまくしたてられて、内心で目を白黒させてしまう。外見上は落ち着いて見えても驚きすぎて反応できずにいるだけだ。

天然タラシがどうこうのあたりはよくわからなかったものの、とりあえず「春姫社長の甥の事務所で経理の手伝いをする」依頼について、「上司の許可は下りている」ということは理解した。仕事能力をかっているからこそ白羽の矢が立ったことと、社長命令にしないことで人見知りの景に拒否権を与えてくれていることも。

根回しは万全なのに強制はしないところが春姫社長らしいな、と内心で少し笑って、景は大変な仕事になるとわかっていながら敬愛するボスのために覚悟を決めた。

「私にできることでしたら、喜んでお力になります」

「えのちゃんならそう言ってくれると思ってたわ！」

にっこりした春姫社長に連れられて、景はさっそく緊急事態が発生しているという事務所に向かうこととなった。


意外なことに移動は徒歩だった。

ふわふわのファーコートとおそろいの帽子を身に着けた春姫社長は、小柄なわりに話すのと同じくらい歩くのも速い。横断歩道をいつもより大股《おおまた》で歩いてついていきながら景は確認する。

「近いんですか」

「ええ、そこよ」

指さされたのはスプリンセと通りを挟んで斜め前に位置する、シンプルでありながら自然素材を組み合わせることで温かみの感じられるデザインになっている三階建ての洒脱《しゃだつ》な建物だ。壁面にさりげなく並んでいるのは『studio K』の文字。

（スタジオKって……）

確かフリーのフォトグラファー三人が共同で設立した事務所で、自前のスタジオやロケに出ての撮影はもちろんのこと、専任スタッフがデザイン業務まで行う。スプリンセのビジュアル関係をすべて任せている取引先だ。

「あの、甥御さんって……？」

「あら、えのちゃんは知らなかったかしら？　スタジオKの代表を務めているフォトグラファーはわたくしの姉夫婦の息子なの」

「……つまり、あの久瀬《くぜ》遼成《りょうせい》さんが甥御さん？」

「そうよ。あ、誤解しないでほしいのだけれど身内びいきで遼ちゃんのところにうちの仕事を任せてるわけじゃないわよ」

「も、もちろんわかっています」

わざわざ念押しされなくても、その作品のクオリティと春姫社長が実力主義のボスであることを思えばコネじゃないことくらい明らかだ。

というか、あの久瀬遼成だ。

高校卒業後に単身アメリカに渡って芸術写真の第一人者である写真家に師事し、三年もせずに数々の権威ある賞に輝いて業界内で一躍名を知られるようになったという実力派フォトグラファー。独立を機に帰国してからは商業写真も多く手掛けるようになり、芸術と商業の境界をなくした作風はアーヴィング・ペン氏の再来とまで言われている。

芸術的な理屈はどうあれ、美しい写真というのは見ていて素直に心地いい。旅好きだという久瀬が世界中で撮った風景や動物の写真集もこれまでに三冊出版されていて、どれも写真集としては異例の売り上げを記録している。

ちなみに久瀬が撮った俳優やアーティストが立て続けにブレイクを果たしたことから、近年では彼に撮ってもらえば売れるというジンクスまで生まれてアイドルの写真集などにもひっぱりだこの超売れっ子。噂《うわさ》によると「仕事は撮る方で撮られる方じゃないので」とメディア露出を徹底して拒んでいるけれど、本人がモデルみたいなフォトグラファーだとか。

（まさか、直接お会いできる日がくるなんて……）

ガラス張りのエントランスに向かいながらも、スーツの下で鼓動が速くなる。実は景も久瀬の写真のファンだったりするのだ。

落ち込んだり気持ちがささくれたりしたとき、景はいつも久瀬の撮った風景写真集を開く。世界へのやさしい眼差《まなざ》しと温かな愛情を感じさせる美しい一枚一枚が、疲れた心をじんわりと温めて元気を分けてくれるのだ。

（久瀬さんにお礼とか言えたらいいけど……って、仕事で来てるのにいきなりファンアピールされても困るよね）

浮かれそうな自分を慌てて内心で引き締める。

春姫社長のためにさりげなくポケットから出したハンカチごしに強化ガラス製のドアを開け、会える期待と不安が入り混じった複雑な気持ちを持て余しながらドアを支えていると、マッシュルーム頭がことんと傾いてこっちを見上げた。

「めずらしいわね、えのちゃんが落ち着かないなんて」

「……落ち着いてないように見えますか」

「いいえ、見えないわ。でも気配が落ち着いてないの」

あっさりとそんなことを言ってのける不思議系社長には脱帽だ。丁寧にドアを閉めつつ端的に白状する。

「少し緊張しているんです」

「ああそうよね、えのちゃんはちょっぴり人見知りだものね。でも大丈夫よ、わたくしの甥は天性の人タラシだから怖くないわよ」

「人タラシ……ですか」

「ええ。姉夫婦の仕事の都合で子どものころイタリアにいたせいか日本の男の子にはなかなかないイタリア男風のマナーとチャームが身についちゃってて、しかも我が甥ながら見た目がとってもイケてるの。本人無自覚の素で誑《たら》しちゃうものだからモテてモテて困っちゃうを地でいく子なのよ」

それはいいのか悪いのかよくわからないな、と思っている間にも春姫社長はカツカツと迷いなく歩いて行く。

天井の高いエントランスホールの正面には撮影にも使われていそうな幅広の階段、右手は閉じられた両開きの大きなドアからして撮影用のスタジオっぽい。左手には観葉植物とエレベーターと病院の受付窓口みたいにガラスで仕切られたカウンター。

春姫社長はカウンターをスルーして、その脇にある木製のスライドドアを勢いよく開けた。

「かの子さーん、お邪魔してるわよ〜」

「あらまあ春姫さん、お電話したらすぐ来てくださったんですねえ」

「もちろんよ、我が社自慢の経理のエキスパートえのちゃんを連れて参上よ」

「それはそれは頼もしいですねえ」

うふふと笑うのは銀髪の可愛らしいご婦人だ。年齢的には軽く七十歳を超えて見えるけれど、白いブラウスに紺のスカートといういでたちからして事務員さんらしい。

「えのちゃん、こちらはかの子さん。スタジオKが設立されたときから経理以外のすべてを見事に取り仕切ってくれているみんなのママンみたいな人だからわからないことや困ったことがあったらなんでも相談してね」

フルネームを伝えないというざっくり感ではあるものの早口の紹介を受けた景は、反射的にきっちりと老婦人にお辞儀をする。つぶらな瞳がやわらかく細くなった。

「まあまあ、端整な『いけめん』さんですわねえ」

「ここからじゃ顔がよくわからないけど、端整だったらイケメンっていうより美青年って感じなんじゃないの？」

突然背後で響いたのは、やわらかく楽しげな低くて甘い声。

大きく心臓が跳ねたものの一見クールな表情で振り返った景は、一メートルほど離れたところに立っていた長身の男性と目が合うなり、まばゆいものを見たような衝撃で呆然《ぼうぜん》と固まってしまう。

「あ、やっぱり美青年の方がぴったりだったねえ」

にっこりした彼の方こそ、人目を奪うような美貌《びぼう》の持ち主だ。実際に光を放っているわけじゃないのに、眼鏡のレンズが何かを反射しているみたいにやけにキラキラして見える。

（モデルさん……？）

シンプルなセーターにジーンズ、ダークブラウンのエンジニアブーツという実用的なファッションは撮影に参加しているモデルにしては普通すぎる気がするものの、ものすごくスタイルがいいからこそお洒落《しゃれ》に見える。髪は自然な感じで明るく、笑みを湛《たた》えている瞳が人なつこい。男性モデルが最も活躍する二十代半ばよりは少し上のようだし、見たことがない人だけれど、モデルだったら間違いなく売れっ子だろうと思わせるくらいに強い引力のある空気を纏っている。

目を離せずにいると春姫社長が美形を叱《しか》った。

「遼ちゃん！　また足音を忍ばせて近づいてきたんでしょう、驚かせないでちょうだい」

「春姫さんは驚いてないじゃん」

くすりと笑った彼を春姫社長が呼んだ名前に、景は眼鏡の奥の瞳を大きく見開く。

遼ちゃん、つまり目の前にいるこの男性こそ若くして世界的にも認められているフォトグラファー、久瀬遼成なのだ。本人がモデルみたいという噂は知っていたけれど、あれだけの才能があってこのビジュアルだなんて神様に愛されているとしか思えない。

本当に格好いい人だなあ、と内心で景が感動している一方で、幼いころから知っている相手に対するときならではの愛情のこもった口調で春姫社長がこぼした。

「まったくもう、アラサーになっても相変わらずいたずらっこなんだから」

「アラウンドじゃなくてジャストだよ。ついでに心は常にアラウンド十三《サーティーン》を目指してる」

「うまいこと言ったと思ったら大間違いよ、いちばん面倒な年ごろじゃない」

「いちばんおもしろい年ごろでしょ、好奇心と衝動は仕事がら大事だし。いたずらっこ上等、男は永遠の少年を心に住まわせているんです。ね？」

ぽんぽん交わされる会話の合間にいきなり美形から同意を求められて、心臓が勢いよく跳ねた。

「そ、そうですね、そういう話はたまに耳にします」

とっさに目をそらして答えたものの、軽口に妙に生真面目な返事をしてしまった自分のそぐわなさに気付いて恥ずかしくなる。鼓動が一気に速くなったと思ったら、ぶわっと全身の体温が上がった。

（うわ、しまった……！）

色白の肌は染まると目立つ。普段から気持ちを落ち着けるようにして赤くならないように気をつけてきたのに、緊張やら動揺やらで無防備になっていた。いま絶対に赤面している。興味を惹《ひ》かれたように少し目を見開いた久瀬に見つめられると、ますます顔が熱くなるような気がしてうつむいた。

きちんと磨かれた自分の革靴のつま先を見つめてこっそり深呼吸をしていたら、ふいに視界に見るからに上等のダークブラウンのブーツが入ってきた。ぎょっとして一歩下がると、なぜかまた大きく一歩詰めてくる。

「あの……？」

一歩下がりつつ戸惑った瞳を向ける景に、にっこりした久瀬がまた一歩詰めてくる。

「染まり方が綺麗でいいなあって」

「…………ありがとうございます？」

戸惑いながらも褒められたことへのお礼を言うと、彼の瞳が楽しげにきらめいた。

「うん、そういうとこもいいなあ」

きょとんとしながらも無意識に距離を取ろうと一歩下がるなり、また遠慮なく長い脚で詰められそうになる。と、ひょこりと小さな人物が二人の間に割りこんだ。両手を腰に置いて景を背中にかばうようにした春姫社長だ。

「せっかく救世主を連れてきてあげたのに、えのちゃんに手を出す気ならもう貸してあげないわよ」

「救世主？」

「そうよ、経理の子が突然辞めちゃって困ってるんでしょ」

一回まばたきをする間に、久瀬は叔母《おば》の言いたいことをすべて察したらしかった。にっこりして頷《うなず》く。

「ありがと春姫さん、ほんと助かる」

まばゆいキラースマイルでお礼を言うなり、美形の視線がこっちに戻ってきた。つややかマッシュルームの上からやわらかな声で聞いてくる。

「えのちゃんっていうの？」

「あ、はい……っ」

まだ名乗ってもいなかったことに気付いて慌てて名刺を取り出すなり、長い腕が伸びてきて身構えるより早く小さなカードをさらわれた。唖然《あぜん》としている景の名刺を片手に彼が軽く口笛を吹く。

「すごいね、うちに来る運命にあったとしか思えない。うち、スタジオKっていう名前にしたせいか奇跡的にみんなイニシャルがKなんだよねえ」

冗談か本当かそんなことを言って、にっこりと軽く首をかしげた。

「景って名前なんてもうそのままだし、えのちゃんも俺のとこに来ちゃいなよ」

「いえ、そういうわけには……」

「まあまあ、そんなすぐ断らないでちょっと考えてみて？　俺、えのちゃんとはすごく仲よくなれる気がするんだよねえ」

ふわりと甘く包みこむような低い声はなんだか口説かれているようで、同性だとわかっているのに鼓動がやたらと速くなる。さすがは春姫社長をして天性のタラシと言わしめるだけあるな……なんて感心していたら、下から不穏《ふおん》な声があがった。

「遼ちゃん」

「ん？」

ようやく景から視線をはがした久瀬が下に目を向けて、しばらく無言になる。マッシュルームのつややかな後ろ頭からはよくわからないものの、どうやら目と目で何やら話し合っているようだ。

ふ、と苦笑めいた笑みを久瀬が見せた。

「俺、そんなに信用ない？」

「信用はしてるわ。ただ予想外だったの」

「ね、俺もびっくり。てことでもらっていい？」

「駄目よ」

「なんで」

「こういう事態を想定せずに引き合わせた責任を感じるわ。どうしても欲しいなら誠意を見せて一年待ってごらんなさい」

「なんで一年？　長くない？」

「ないわ。軽く扱うのはわたくしが許さなくてよ」

「そんなつもりは全然ないけど」

「ええそうね、でも待った方がいいってことは遼ちゃんにもすぐにわかるわ」

「ふうん？」

さすがは不思議系社長の甥というべきか、主語のない謎めいた会話を久瀬は普通に成り立たせている。すごいなあ、と内心で感心して眺めていると、視線を感じたのか彼がふと顔を上げた。

目が合うとにっこりして手を振ってくる。戸惑いながらもスルーはできなくて、景も胸元まで片手を上げた。振り返すまではできなかったのに彼の笑みが深くなって、なんとなく落ち着かなくなる。

「懸案事項が増えちゃったけどとりあえず本題に入りましょ」という春姫社長の一声で、高い天井でファンが回るシンプルで機能的ながらもセンスのいいインテリアでまとめられた事務所内へと移動した。

普段は打ち合わせや休憩時に使っているという応接コーナーは入ってすぐのところにあり、大きな丸テーブルを中心になめらかな丸みが心地いい木製のイスが並んでいる。コーナーをゆるく区切っているのは二曲一双のモダンな屏風《びょうぶ》のようなパーティション、ちなみに図柄は墨絵かと思いきやエフェクトをかけたモノクロ写真だ。

イスに腰かけるなり、こっちを向いた春姫社長から唐突に問われた。

「君子危うきに近寄りたくない？」

「え……？」

戸惑う景よりも先に、棚からカメラを取り出していた久瀬が口を挟む。

「ちょっと春姫さん、俺のこと危険物扱い？」

「当然よ、遼ちゃんの天然タラシぶりをわたくしは甘く見てないの」

「可愛い甥に対してひどいなあ」

「可愛いけど真実を告げるのはひどくないわ。今回のピンチも遼ちゃんが天然タラシゆえに発生したんでしょう」

「あー……みたいだね。誤解しやすい子みたいだから気をつけてたんだけどなあ」

「ちょっとやそっと気をつけたくらいで遼ちゃんのナチュラルボーン《天性の》チャームがなんとかなるわけないでしょう。そんな無自覚タラシの危険な根城に我が社の優秀なスタッフを貸し出すからには本人に心構えがなくっちゃいけないわ」

「危険な根城って……」

苦笑する久瀬を春姫社長は完全スルーして景に向き直る。

「ということで、わたくしの最大の懸念である天然タラシと遭遇した感想をふまえて改めて答えてほしいの。えのちゃんは危険回避優先したい？」

おかしな確認だけれど春姫社長にとっては大事なことなのだろう。『危険』が久瀬のことなら、回避したら経理課の他のメンバーが来ることになる。

なんとなくスタジオKのヘルプを――しょっちゅう久瀬に会える立場を譲りたくないような気がして、景はかぶりを振った。

「いえ」

「よかったあ」

うれしそうな呟《つぶや》きは一眼レフを持ってテーブルの向かい側についた久瀬から。心臓が跳ねたけれど、こっそり深呼吸して落ち着かせる。

（他の子じゃ安心してやれないって社長が言ってたの、こういうことだったんだ）

確かに久瀬は『危険』だ。本人に誑す気はないのだろうに、同性の景ですら出会って数分の間にうっかり何度もときめいてしまっている。

自分がスタジオＫのヘルプに選ばれたのは、仕事能力もさることながら、たぶん潔癖気味で周りと親しく付き合わないという部分も大きなポイントになったのだろう……なんて冷静に分析しているところに、湯気のたつカップをお盆に載せたかの子さんがやってきた。芳《かぐわ》しい香りはコーヒーだ。

「春姫さんと遼成さんはブラックでしたよね。えのちゃんはミルクとお砂糖は？」

久瀬と春姫社長に倣《なら》って「えのちゃん」と呼ぶことにしたらしいかの子さんの確認に、景は一瞬視線をさまよわせる。

実をいうと甘党の景は砂糖とミルクを入れないとコーヒーを美味《おい》しく飲めない。でも、それ以上によく知らない人に淹《い》れてもらった飲み物が飲めないのだ。無理して飲んでも精神的に受け入れられないのか、あとでお腹《なか》が気持ち悪いような感じがしてしまう。

せっかく淹れてもらったコーヒーだけれど、飲まないなら最初から砂糖もミルクも遠慮した方がいいだろう。

「どちらもけっこうです」

「あらまあ、えのちゃんもブラックで飲めるの？　大人なのねえ」

この中でいちばん年齢的に大人なはずのかの子さんのコメントはちょっと天然だ。思いがけずに唇が自然に少しほころんで、後ろめたさにこわばっていた気持ちも和らぐ。

バシャリと音が響いて目を瞬《しばた》くと、向かいのフォトグラファーが一眼レフを構えていた。

「……撮ったんですか」

「うん、なんか胸にきたから」

胸にきたって何だろう、と思わず眉根を寄せた景に彼の表情が少し曇る。

「もしかして嫌だった？」

ごめんね、というように少し首をかしげて見つめられたら、うっかり「大丈夫です」なんて心にもないことを言ってしまいそうになる。なんという危険性。

プロの人気フォトグラファーに撮られて嫌がる方がおかしいだろうし、じっと見つめてくる久瀬を拒むのは心苦しいものの、なぜかカメラを構えたままの彼には本心を伝えておいた方がいいような気がして景は思いきった。

「写真を撮られるのは苦手なんです」

「そうなの？　せっかく綺麗なのにもったいないねえ」

残念そうな吐息混じりの声でとんでもない切り返し。じわりと顔が熱くなるとまたシャッター音が響いた。

「……苦手だと言ったはずですが」

「ごめん、この手が勝手に！　叱ってもいいよ」

神妙な顔でカメラを置いた彼に大きくて綺麗な両手を差し出されて、目を丸くしたあと景は思わず噴き出してしまう。久瀬が悔しそうに呟いた。

「しまった、いまの絶対撮りたかったのに」

「やだ遼ちゃんたら、ぜんぜん反省してないじゃない」

「うそ、してます。いまのは俺の右手と左手のセリフ」

春姫社長のツッコミに両手をキツネにしてぱくぱくさせて見せるとか、もう怒っていられない。でも笑ったらまた撮られそうな気がして景は深呼吸をして表情をなんとか保つ。

緑茶を淹れてきたかの子さんも加わったところで、『緊急事態』についての詳細と今後どうするかという本題に入った。

『緊急事態』は、スタジオKの経理を担当していた若い女の子を久瀬が気をつけていたにもかかわらず無自覚に誑《たら》しこしてしまい、昨日告白されたのだけれど「ごめん、俺はそういうつもりじゃなかった」と正直に断ったら朝には退職届がデスクに残っていて音信不通になったのだという。

とんでもない辞め方だけれど、同じ事務方としてその子のプライベートな話まで聞いていたかの子さんによると「仕事はできるんですけど恋愛体質な子で、二つ前の会社も同じようにしていきなり退職してたらしいんですよねえ」とのこと。前科あり、これはもう戻ってこないだろう。

すぐに新しい経理担当者を募集するにしてもタイミングが悪いことに現在十一月末、引き継ぎなしで「給与」「賞与」「年末調整」「源泉徴収票づくり」「年内にすべき各社への支払いと請求」などの普段よりかなり多い業務を、年末進行のタイトなスケジュールでいきなりこなせる人材を引き当てられる確率は低い。

それならツテを頼もうとおっとりした見た目によらず有能なスタジオKのママンであるかの子さんが春姫社長に連絡をとり、選抜された結果で景がここにいる。

しばらくは景が日参して無責任な前任者の代わりに経理の仕事とこまごました後始末をし、落ち着いたら週に数回だけ通って新しい経理担当者が雇われるまでをつなぐ。最終的には新担当者にすべて引き継いで終了、ということで話はまとまった。ちなみに形式的にはスプリンセからの出向となる。

「引き継ぎもなしで見知らぬ事務所の経理を丸投げとか、ものすごい無茶をお願いしてると思うけど、どうかよろしくお願いします」

久瀬とかの子さんに並んで頭を下げられて、景は内心で慌てながら片手を振る。

「総勢八人ということですし、帳簿等はきちんと整理されているようですからそこまで問題はないと思います」

「そう言ってもらえると気が楽になるけど、ほんとに大丈夫……？」

「はい。落ち着いたら週に二日通うだけで大丈夫でしょうし」

「もっと来てもいいよ？」

「いえ、来てもすることがないでしょうから」

真顔で断ると、久瀬が「有能すぎるのも困りものだねえ」とやわらかく笑う。楽しげな口調に軽口だったことに気付いたものの言い直すのも間が悪い。

(慣れなくて困るな……)

赤面しないようにこっそり深呼吸をして自分を落ち着かせつつ、そう思う。

表情が豊かじゃなくて近寄りがたく見える景には、これまで久瀬のように軽やかに冗談を投げかけてくる人がいなかった。そのせいでどうも間の抜けた答えを返してしまいがちだ。呆《あき》れられないように返事には気をつけないと、と内心で気合いを入れる。

「とりあえず、これからしばらくは毎日えのちゃんに会えるんだね」

「しばらくってほどはないいんじゃない？　遼ちゃん、今年も撮影旅行に行くんでしょう」

「そうですよ、あと一週間もしたら出立なさるんでしょう」

景が戸惑っているのに春姫社長が気付いてくれ、いつもの早口で説明してくれた。

旅行好きの久瀬は、毎年十二月の第一週めまでで仕事納めをして約一カ月に渡るプライベートの撮影旅行に出る。その中から選んだ写真が写真集になるから半分は仕事だけれど、趣味と仕事を兼ねた長い冬休みということだ。行き先はさまざまだけれど僻《へき》地が八割らしい。

「せっかく人タラシの才能があるのに砂漠とか極北とかサバンナとかジャングルとか、わざわざ遼ちゃんの魅力が通じない厳しい自然のある場所に行きたがるのよねえ。連絡も完全につかなくなるし」

「最近はみなさんあきらめてしまって、年末年始の遼成さんには連絡自体しようとしませんからねえ」

「ちょっとした行方不明者よね」

春姫社長のコメントに「物騒《ぶっそう》なこと言わないで」と久瀬は苦笑だ。

「イージーゲームじゃなくても普段出会えないような体験ができる方が楽しいし、感性が研《と》ぎ澄まされる感じが好きなんだよ。大自然の美しさと厳しさを前にすると人間の小ささを実感できるから生きることに謙虚になれるしね」

都会的で華やかな外見からは想像もしていなかったような行き先と理由。まじまじと端整な顔を見ていると、視線に気付いた彼がにやりと笑った。

「なに？　一カ月も俺に会えないと寂しくなっちゃう？」

「……そう思えるほど久瀬さんのことを知りません」

うん、いまのは妥当、間の抜けた返事じゃなかった。内心で満足する景に片眉を器用に上げた久瀬が、コーヒーカップを口に運びつつ打ち返してきた。

「じゃあ寂しいって思ってくれるようになるまで俺を知ってもらわないとね」

「……そう、ですね？」

「なんで疑問形？」

楽しげに笑われてしまう。会話をうまくやりとりするのはなかなか難しい。

「あれ？」

カップをソーサーに戻した久瀬が目を瞬いた。彼の視線の先にあるのは景の前にあるコーヒーカップ、完全に冷めた褐色の液体にはまったく手を付けられていない。

「えのちゃん、もしかしてコーヒー苦手だった？」

「いえ、そういうわけでは……」

「たくさん話したし喉《のど》かわいたよね？　他のにしようか」

「緑茶と紅茶とわかめスープならありますよ」

「あの、本当に大丈夫ですので……！」

かの子さんのわかめスープにツッコミを入れる余裕もなく制止しようとしたところで、春姫社長がさらりと通達した。

「そうそう、まだ言ってなかったけどえのちゃんはとっても綺麗好きなの。たまに戸惑うこともあるかもしれないけどそのつもりで接してあげてね」

「……綺麗好き？　戸惑うくらい？」

「ええ」

「要するに潔癖？」

あっさり看破した久瀬に、春姫社長がマッシュルーム頭を傾けてにっこりと告げる。

「き、き、綺麗好き」

叔母の意図を正確に察したらしい久瀬は、くすりと笑って頷いた。

「了解。……一年待った方がいいってすぐにわかるって、そういうことね」

後半の意味はよくわからなかったものの、さらりと受け入れてくれたらしい彼に自分でも意外なくらいほっとする。

「どのくらい綺麗好き？」

戸惑いを浮かべて見返すと、より具体的に聞かれた。

「手作り系完全アウト？　買ってきたお茶をグラスに移したのとかはいける？」

どうやらボーダーを知ろうとしてくれているらしい。

潔癖気味なのを面倒がられたりからかわれたりしたことは数あれど、最初から当然のように受け入れてこんな風に接してくれる人がいるなんて思わなかった。なんだか胸があたたかくなるのを覚えながらも、景はちゃんと伝えられるように考え考え口を開く。

「……手作りは基本的に苦手ですが、その人の衛生的な感覚を信用できるようになったら大丈夫です。買ってきたお茶をグラスに移したものも同様で、グラスを管理している相手を信用できるようになるまでは手をつけられないです。失礼で申し訳ないんですけど……」

「外食は？」

「あまり好きではないですが、見るからに清潔な店ならそこまで拒否感はありません」

「触られるのも苦手だったりする？」

「はい。慣れていて親しい相手ならある程度までは大丈夫なのですが」

「どのくらいまで大丈夫か具体的に聞いてもいい？」

「………それはちょっと」

どこまで答えればいいのかわからないこともあって、景は言葉を濁す。これまで経験した人生最大の接触は学生時代の彼女とのディープキスだけれど、この年にしてキスまでしかしてないなんてちょっと公表したくない。

春姫社長がかばうように両手を広げて上下に振った。

「はいはい、質問タイムは終了よ」

「お、事務所が厳しい」

「当たり前よ、うちの大事な子ですからね。で、どう？」

端的な問いに、久瀬がやわらかく笑む。

「うん、これくらいなら全然。えのちゃんって受け答えも真面目だし、周りに気を遣う繊細な子だよね。衛生感覚を信用できるくらい慣れた相手なら大丈夫ってことはトラウマによる深刻なものじゃないし、人見知りと心配性からくる人並み以上の綺麗好きって感じかな」

「神経質ですみません……」

「綺麗好きなのはべつに謝るようなことじゃないでしょ。ていうか人より繊細ってことは、きっと人より大変なことが多いよね」

「……！」

最初から受け入れてくれただけでなく、逆にさらりと気遣える久瀬の懐の深さに言葉にできないような気持ちが胸に生まれる。こう言ってはなんだけれどさすがは天性の人タラシ、ちょっと瞳が潤みそうになった。

「ゆっくり仲よくなろうね、えのちゃん」

温かみのある低い声、やさしい眼差し。鼓動がやたらと駆け足になっているのを感じて、景は赤くならないようにこっそり深呼吸してからきっちりと頭を下げた。

「よろしくお願いします」

「うん、よろしく」

大きな手を出しかけた彼が「あ、握手は駄目かな」と途中で引っこめ、照れたような笑みと共に軽く首をかしげた。少し考えてから、景もことんと小首をかしげる。握手の代わりに彼がしてくれた仕草かと思ったのだ。

驚いたように久瀬が目を見開いて、それからゆっくりと、やわらかく笑み崩れた。

「ほんとに、これからよろしくね」

満面の笑みのまばゆさに目がつぶれるかと思ったけれど、もちろんそんなことはなく、景は久瀬が天性の人タラシであるという言葉に心の底から納得したのだった。

【2】

ヘルプは一時的という話だったのに、一年経《た》ったいまも景はスタジオKに週に二度、火曜と金曜に通っている。出向して数カ月経ったころ、経理の後処理がほぼ完了したのを見計らったかのようにやってきた久瀬が言ったのだ。

「俺としてはこのままえのちゃんに来てほしいんだけど、駄目かなあ?」

じっと見つめて、低くて甘い声でやんわりねだられたら、同性にもかかわらず「駄目」なんて言えない気分になってしまう。天然タラシの美形というのは恐ろしいものだ。

とはいえ景はスプリンセから出向で来ている。

「私はかまいませんが、会社の方に聞いてみませんと……」

「よかったあ。えのちゃんがOKだったら週二で続けてもらっていいって春姫さんに許可はもらっておいたんだよね」

にっこりして明かされた段取りには唖然だ。上に話を通したうえで意向だけ確認とか、やさしいんだか強引なんだかよくわからない。叔母のやり手の血を受け継いでいるのは間違いないけど。

そんなこんなで再び十一月も末、一年も通えば出向先にもすっかり馴染《なじ》む。

スタジオKの所属メンバーは景を除いて八人。そのうちフォトグラファーは代表も務める久瀬を含めて三人で、おのおの見た目も作風も違う。

小柄だけどがっちりした体形のにこやかなひげのおじさんは「コミさん」こと小宮山《こみやま》さん、テンション高めで商業写真専門。映像作品も撮る「カンちゃん」こと神谷《かみや》さんは一見お洒落ひげを生やした長身イケメンなのに口調が『おネエさん』で、ここ数年はアートディレクターとしての仕事の比重が大きくなっている。

アシスタントは二人、コミさんの愛妻で可愛い見た目に反してちゃきちゃき毒舌な「チカちゃん」、美大の学生アルバイトの「ジマくん」こと木島《きじま》くんはいつも元気で妙に体育会系。

グラフィック担当も二人、一人は若干オタク気質ながらもどんな加工やエフェクトの注文も完璧にこなす職人の「笠っち」こと笠原《かさはら》氏。もう一人はモデルから転身したというお洒落で中性的な美形の「希理《きり》くん」で、センスのよさからデザインを担当することが多い。

経理以外のすべての事務関係の業務を一手に引き受けているのはご存じ「かの子さん」、愛らしくもちょっと天然な自称永遠の十七歳だ。

それぞれ個性あふれる人たちなのにとても仲がよくて、本当にみんな見事にイニシャルにKがついている。週に二回とはいえこの中の一員になれたのはうれしい。

ちなみに全員が久瀬の才能と人柄にある意味では誑されているけれど、恋愛対象としてはそれぞれパートナーがいたり完全にヘテロだったり二次元にしか興味がなかったりで「外」なのだという。

（まあ、そうじゃないと事務所が常に修羅場になるよね）

パソコン上のフォーマットに年末調整用のデータを入力しながらそんなことを考えていると、背後から腕が伸びてきてデスクに湯気のたつマグカップを置かれた。爪《つめ》の先まで形のいい、どことなく色気のあるこの大きな手は……。

「久瀬さん」

「正解。ホットココアどうぞ」

こんなことをするのは彼以外にいないから「不正解」になるはずもないけれど、斜め上に顔を上げた景と視線を合わせた久瀬はにっこりする。イスごとデスクに囲いこむようにされているせいでものすごく距離が近い。

天然タラシなせいか、久瀬はパーソナルスペースが極端に狭い気がする。最初のころは距離の近さにいちいちびっくりしていたものの、一年も接していれば「彼はそういう人だ」と受け入れられるようになる。景は動悸《どうき》とはうらはらの落ち着いた顔でお礼を言った。

「ありがとうございます」

「うん」

にこ、と頷かれたのと同時に応接コーナーから声があがった。

「あ、いいなー。遼成さん俺にもココアー」

さっきまで久瀬とポスターデザインの打ち合わせをしていた希理だ。目許のほくろが色っぽい美人の要求に、たくさんのカメラを収納している防湿棚に背中をあずけた久瀬がにやりと笑って答える。

「シンクのとこに作ってあるよ」

「持ってきてはくんないの？」

「うん。俺には手がふたつしかないのでえのちゃんと自分のぶんしか運べませんでした」

「うわ、えのちゃんだけひいきしてますよ発言」

「ほんとだねえ。ごめんね希理くん、妬《や》かないで？」

「遼成さんに妬くなんていうエネルギーの無駄遣いはしませんー。つかえのちゃん気をつけて、狙《ねら》われてるよ！」

「バラされちゃった」

いたずらっぽく笑って応じる久瀬に希理も笑って自らココアを取りに行く。

二人の口調からしてただの冗談だとわかるのに、久瀬に特別扱いされているみたいで少し落ち着かない気分になってしまう。深呼吸ついでに景は眼鏡がくもらないように気をつけつつカップの湯気に息を吹きかけた。

熱々のココアの甘さにほっと和《なご》んでいると、ふと視線を感じる。

「……久瀬さん、また見てますね」

「うん、見てるねえ」

悪びれもせずににっこり肯定《こうてい》。

「私なんか見て何が楽しいんですか」

落ち着かなさに少し眉根を寄せているのに、マグを片手にした久瀬は景から視線をはずすことなく瞳をきらめかせて答える。

「いろいろ楽しいよ？　俺の作ったココアを飲んでくれるようになったし、距離を詰めても逃げられなくなったし、だいぶ慣れてくれたなーって」

うれしそうに微笑《ほほえ》む彼は本当にたちが悪い。臆病《おくびょう》な野生のキツネか何かが慣れたのを喜んでいるみたいなセリフなのに、やさしくて甘やかな眼差しが意味ありげに見えるから。

「あと、えのちゃんってなんか博多《はかた》人形っぽくてずっと見てても飽きないんだよね。俺、ああいう涼しげな美人って好きなんだ」

「……っ」

さらりと言われた「好き」に心臓が跳ねる。顔が赤くならないようにこっそり深呼吸して気持ちを落ち着け、まだたっぷり入っているココアのカップを置いて書類を手に取った。

「ココア、ごちそうさまでした。久瀬さんもそろそろお仕事に戻られては？」

「打ち合わせが終わったから休憩中なんだよ。次は四時から撮影」

ちらりと時計を見るとあと五分はある。

「準備は大丈夫なんですか」

「うん。いつもチカちゃんとジマくんが完璧にしてくれるから」

そう言っていると受付カウンターの近くで仕事をしていたかの子さんの声がして、出版社の担当者やモデルが到着したらしいざわめきが届いた。

「……皆さんがそろったようですし、そろそろ向かわれては」

「えのちゃん、そんなに俺を追い払いたいの」

「……っそんなつもりはないです」

「じゃあどういうつもりかなあ」

彼の表情が楽しげなことに気付かずに景は内心で焦る。

近くにいるとなんだか落ち着かなくさせられるので……なんて失礼なことを正直に言えるわけもなく返事に窮していると、事務所のドアがものすごい勢いで開いた。

「やっぱりリョーセイってばこっちにいた～！」

明るく高い声はほんの少しカタコト。ハニーブラウンのゆるやかにカールした長い髪、長く濃いまつげに縁どられた大きな焦げ茶の瞳を持つ彼女は日米ハーフで超人気モデルのララちゃんだ。甘い香水の香りと共にスキップするような足取りで遠慮なく入ってくる。

「ララちゃん、勝手に事務所に入るのは駄目って前から言ってるでしょ」

「パードン？」

「都合が悪くなったら日本語がわからなくなるふりはどうかと思うな」

久瀬のやわらかな忠告に「バレてた」といたずらっぽく舌を出した美女が肩をすくめて見せるけれど、このやりとりは毎度お馴染みだ。

からりと明るく素直なキャラクターが憎めないララちゃんは、久瀬を「狙っている」と公言していて裏表なく積極的だ。少女のころからファッション誌でカリスマ的人気を誇ってきた彼女は、二十一歳になった最近ではそのビジュアルと空気を読まないキャラがダブルで受けてテレビにも活躍の場を広げている。

いつ見てもリアルにお人形さんみたいだな、と手足の長いすらりと華奢《きゃしゃ》な姿に感心していると、目力の強い大きな瞳とばちっと視線が合った。

「エノちゃんだー。ハイ」

やっほ、のノリで繰り出されたのはウインク付きのハイ。彼女はスタジオKのスタッフ全員の顔と名前をちゃんと憶《おぼ》えていて、みんなに「リョーセイとのこと協力してね！」と頼んでいる。射たい将の馬たちと仲よくした方がいいと本能的に知っている人なのだ。

初《しょ》っ端《ぱな》から距離感ゼロでフレンドリーな彼女にまだ慣れていない人見知りの景は、いつもどう接したらいいのか戸惑ってしまう。迷ったあげく、最も無難と思われる挨拶《あいさつ》を返した。

「……こんにちは、お世話になっております」

「あはっ、エノちゃんってマジメー」

「そういうとこが可愛いよね」

心臓を跳ねさせる景の目の前で、ララちゃんが唇を愛らしくとがらせて久瀬の腕を引く。

「リョーセイ、アタシは？　アタシもカワイイ？」

「うん、ララちゃんも可愛いよ」

「やった～、もっと言って～」

「撮影のときにね」

笑って返した久瀬が腕にぶら下がったララちゃんをさりげなくスタジオへいざなう。途中で少し振り返り、邪魔してごめんね、というような表情で小首をかしげて見せた。べつに気にしてません、と伝えるつもりで景は頷く。

（……久瀬さんの『可愛い』とか『綺麗』とかって、たぶん職業病的な口癖なんだよね）

自分にもララちゃんにもさらっと「可愛い」と言える彼の職業はフォトグラファーだ。被写体の気分をアゲていい写真を撮るのを仕事としている人の褒め言葉をいちいち真に受けたり、自分以外の人にも言っているのを見てちょっとショックを受けたりする方がおかしい。

ちゃんとわかっているはずなのに、なんだか妙にもやもやした。

べつに胸の中のもやもやを仕事にぶつけて発散しようとしているわけじゃないけど、と誰にともなく内心で言い訳しつつ、終業まで景は猛然と仕事をこなした。

おかげで予定していた以上にはかどり、次回のぶんがなくなる前にと景は定時きっかりに席を立つ。

「それではお先に失礼します」

「はい、今日もお疲れさまでした」

微笑むかの子さんに見送られて事務所のスライドドアに手をかけた瞬間、それが自動的に開いてびっくりした。固まっている景の前にいるのは同じく驚いた表情の久瀬。

目が合うなり、ふわりと笑う。

「いいタイミング。運命みたい」

「……何言ってるんですか」

赤くなったりしないように気をつけて下手なあしらいをして、軽く会釈《えしゃく》する。

「お先に失礼します」

「あ、待って待ってえのちゃん、俺も行くから」

事務所に用があって来たはずなのに、きびすを返した久瀬は先に立ってエントランスのドアを開けてくれた。

「……ありがとうございます」

「うん」

にこりと笑ってお礼を受け取る彼は、潔癖気味の景が共用のものに触れるのが苦手だと知っているからこそ何気なく気遣ってくれる。彼のこういう面に触れるたび、景の心はいつもあたたかくなってほのかに甘いうずきを覚えてしまう。

「うっわ寒……っ」

一緒に外に出るなり広い肩をすくめた久瀬はざっくりしたニット姿、今年は冬らしい冬と気象情報で表現されている寒さなのに上着もはおらずに寒風にさらされるなんて無謀だ。寒がりの景までつられて身をすくめてしまう。

「久瀬さん、そんな格好じゃ風邪ひきますよ」

「大丈夫、すぐ戻るから」

大股で歩いて行ったと思ったら、スタジオKの前に設置されている自動販売機にジーンズのポケットから小銭を取り出して何枚か投入し、ボタンを押した。ガランガランと二本ぶんの音が響く。

「はい」

一本渡されたのは熱々のおしるこだ。眼鏡の奥の目を丸くしてから、はっとして景は財布を出そうとする。

「代金を……」

「いいよ、今日寒いからカイロ代わりに。えのちゃん、甘いの好きでしょ」

にっこりされると、なんだか遠慮する方が失礼な気がしてしまう。手のひらがじんじんするくらい熱く感じる缶を両手で包んで瞳を伏せた。

「……ありがとうございます」

「うん。じゃあまた金曜日にね」

やわらかな低い声はどうしてこんなに甘く聞こえるんだろう。たぶん眼差しもこっちが誤解してしまいそうな甘さを含んでいるに違いない。

まったくもって天然タラシってすごいな、なんていつものように感心しながら、景は寒そうにスタジオに戻ってゆく長身の背中を胸を高鳴らせてこっそり見送った。


景の住処《すみか》はスタジオKから電車で乗り換えなしで五駅、そこから徒歩で一五分ほどの、昔ながらの住宅街にある瓦葺《かわらぶ》きの庭付き平屋の日本家屋だ。

「ただいま」

久瀬と別れてから着けた使い捨てマスクの中で習慣的なセリフを呟いて引き戸を開け、靴箱の上にすっかり冷たくなったおしるこの缶を置いてから鍵をキーホルダーの所定の位置にかける。迎えてくれる人が誰もいないのは一人暮らしだから当たり前だ。

この家は祖父母のものだったのだけれど、景が大学生のころに相次いで亡くなり、住む人のいなくなった家の管理を両親から景が引き受けた。通っていた大学に近かったし、母親には言えないけれど掃除が趣味だった祖母のおかげで実家よりこの家の方が掃除と整理整頓が行き届いていて居心地がよかったから。大学卒業後もそのまま暮らしている。

ひんやりした廊下をまっすぐ洗面所に向かい、マスクをゴミ箱に捨ててから洗える素材の手袋とマフラーを洗濯機へ。殺菌作用のあるハンドソープできっちり手を洗って、うがい薬をたらした水で十回以上うがいをしてようやく人心地ついた。一旦《いったん》居間に行ってストーブをつけ、やかんを載せてからお風呂場へ向かう。シャワーでさっぱりして戻ってくるころにはほどよく部屋がぬくもり、夕飯用のお湯も沸いているという算段だ。

景の夕飯はだいたいコンビニで調達されている。

梅か昆布か鮭《さけ》というスタンダードな中からおにぎりを一個もしくは二個、それからカップの味噌汁《みそしる》。できるだけ人の手がかかってない感じのものをいつも選んでしまう。

すべての部屋に一つは常備している除菌用ウェットティッシュでおにぎりと味噌汁のパッケージを拭いてから——工場から店頭に並んで自分が買うまでに誰が触ったかわからないから気持ち悪いのだ——簡単な食事をすませる。

すぐに歯を磨こうと洗面所に向かった景は、玄関の靴箱の上に置いていたものに目を留めた。おしるこ缶だ。

ふっと気持ちがあたたかくなって、口許をやわらげて冷たい缶を迎えにゆく。

「ありがとうございます、温かかったです」

台所のテーブルにおしるこ缶を載せた景は、両手を合わせておしるこ缶とその背後にある久瀬のイメージにお礼を言う。末端冷え性の身にこのカイロ代わりのぬくぬく缶は本当にありがたかった。

ウェットティッシュで拭いてから中身をマグカップに移し、電子レンジで温め直す。冷たい両手でカップを包みこんでほっこりした甘さを味わうと、吐息が漏れた。

「……こういうのをさらっとくれる人のこと、好きになっても仕方ないよなあ」

最初は同性の久瀬を相手にやたらときめく自分に戸惑っていたものの、事務職とはいえファッション業界に関わってきた景はパートナーの性別にこだわらない人にも慣れているから偏見はないし、一年も経てばいい加減に認められるようになる。

自分は彼のことが特別な意味で好きなのだ。

とはいえこの恋心をどうこうしようという気持ちは一切ない。同性だからという以前に、景はリアルな恋愛ができない体質だから。

(好きな子とキスして気持ち悪くなるとか、普通ありえないし……)

思い出すたびに申し訳なさで眉根が寄ってしまうのは、初めての彼女との苦い過去。

大学生のとき、景はいいなと思っていたバイト先の女の子から告白されて付き合うようになった。憧《あこが》れの初カノは素直にうれしかったのに、付き合うにつれて景は彼女との『恋人らしい接触』をできるだけ避けたいと思っている自分に気付いてしまった。

付き合い始めたのが夏だったのもいけなかったのだろう。薄着だからこそ汗ばんだ肌に直《じか》に接触する機会が多く、ベタベタと触ってこられたりくっつかれたりすると気をつけていても眉をひそめたりよけたりしてしまいそうになる。キスもできるだけしたくなくて、軽いのならまだしもディープへの抵抗感は大きかった。

慣れないせいで気恥ずかしいせいだと自分に言い聞かせていたけれど、そうじゃないのは自分でも本当はわかっていたのだと思う。

景はキスするとき、オーラルケアのＣＭなどで見る歯垢《しこう》のイラストや半透明でウヨウヨ動く口内細菌のイメージが脳裏に浮かんでしまう。どうしてそんなのを思い出してしまうのか、どうすれば振り払えるのか自分でもわからない。とにかくそのイメージが頭から離れないせいで、好きな子とキスしているはずなのに興奮するどころかだんだん気分が悪くなってしまうのだ。混じり合った唾液《だえき》を嚥下《えんか》するのにどれほどの気力を振り絞ったことか。

でも彼氏として、そんなことを正直に言えるわけがない。彼女に対して我ながら失礼すぎる。というか、相手を好きだからこそみんな平気なのだとしたら景の気持ちが浅いということになる。ちゃんと好きなのに。

恋人らしい接触を避け続けていたら相手は当然不安になる。最終的に「榎本くん、本当はあたしのこと好きじゃなかったんでしょう」と泣きながら彼女から別れを告げられたときに、景は自分が恋愛不適合者であることを悟ったのだ。

他の人は普通にできることが、自分にはできない。できないことで何も悪くない相手を泣かせるほど傷つけてしまう。

好きな子を傷つけたのもつらかったし、恋人らしい接触の苦痛を知った景にとって恋愛をしない選択はごく自然なものだった。見ているだけならいいけど、リアルはいらない。

そんな景にとって、久瀬への片想いは理想的な人生の潤いだ。

仕事がら見目麗しく魅力的な人を男女問わず見慣れている久瀬が、わざわざ地味な自分を相手にするはずがない。それでいて天然タラシならではの魅力でたくさんときめかせてくれるのだ。……おかげで好きになりすぎてしまってもやもやするときがあるものの、それもジェラシーという強い感情に至る前にちゃんと落ち着かせることができる。

たぶんだけど、久瀬がララちゃんをはじめとする美女たちの誰かと恋人同士になったとしても自分はそこまでショックを受けないだろう。彼が人のものになったことにものすごくがっかりはするだろうけど、失恋の痛みに耐えられなくて泣いてしまうようなことはないと思う。絶対に手に入らないとわかっていながら憧れをもって眺めていた素敵な時計を、それを持つのにふさわしい誰かが買っていったときのような喪失感を覚えるだけ。

最初からあきらめている身にとって、恋愛的な苦痛は別世界のものだ。

「俺、生き物としておかしいのかもしれないなあ……」

草食系どころか絶食系という言葉もあるらしいけど、自分もそうなのかな……なんて淡々と自己分析しながら、まあそれはそれでいいやと悟ったような気分で景はおしるこをゆっくりと飲み干した。


十二月に入って最初の金曜日。

「あれ、えのちゃん残業？」

事務所に入ってきた久瀬が意外そうにかけてきた声に、景は落ち着いた表情を崩さずに用意していた答えを返す。

「この時期は忙しいですから、たまには」

「そっか。えのちゃんってすごい仕事速いから一緒にいられる時間が短くて残念だなーって思ってたけど、あんまり働いてるとそれはそれで心配になっちゃうねえ。大丈夫？」

「……っ大丈夫です」

さらりと天然タラシ発言をぶちかまされて心臓に打撃を受けたものの、素早く深呼吸をしてなんとか平静をキープ。

「久瀬さんはもうお帰りですか」

「そのつもりだったけど、もうちょっとだけいようかな。明日から一カ月くらいえのちゃんにも会えなくなっちゃうし」

　またもや天然タラシ発言に心臓が跳ねたものの、カレンダーに目をやるふりで視線をそらした。

「今年は北欧でしたっけ」

「うん。スカンジナビア全部回る予定。海も森も湖も都市もあってすごい楽しみ。あ、そのうちえのちゃんも一緒に行ってみる？」

「事務職は仕事をそんなに休めないです」

「ざーんねん」

　笑ってそんな風に言われるけれど、彼の思わせぶりな冗談には本当に困ってしまう。こっちはいちいち心臓に負担がかかっているのだから。

　といいつつ、そんな久瀬とのやりとりがスタジオKで仕事をする楽しみのひとつだったりする。いつもきっちりスケジュールを立てて段取りよく仕事するのを旨としている景が珍しく残業していたのも、実は帰り際に事務所に寄る彼を待っていたからだ。

（久瀬さんに会えるの、今年は今日で最後だし）

　明日から毎年恒例の撮影旅行に出る久瀬は、スタジオKでは今日が仕事納めになる。しばらく会えないのがわかっているからこそ景は特に急ぎじゃない仕事をして待っていた。

　年末の挨拶ができたらいいなというくらいの気持ちだったのだけれど、思いがけずに久瀬が何台もあるカメラの手入れを始めてしまった。好きな人と一緒にいられる時間を自分から終わらせる気持ちになれずに帰るタイミングを逃しているうちに、「今日は早く終わったねー」と喜んでいる他のスタッフが次々に帰っていって二人きりになってしまう。

「……久瀬さん、まだ帰られないですか」

「えのちゃんは？」

こっちから聞いたのに聞き返されてしまった。少し迷ったものの、戸締まりのことに思い至ってはっとする。

「すみません、私がいると帰れないですよね」

「あー……うん、まあそうだね。帰りたくなくなっちゃうからねえ」

甘い声の冗談は完全スルーして景は急いで帰り支度を始める。うっかりしていたけれど、スプリンセから貸し出されているうえに普段スタジオKで残業をしない景は戸締まりの手順さえ知らないのだ。代表が先に帰れるわけがない。

「え、えのちゃん……？　べつにいいよ？　仕事は大丈夫なの？」

驚いた様子で久瀬が聞いてくるけれど、デスク周りをきっちり片付けながら即答で頷く。

「大丈夫です」

「……あれ、もしかしてそんなに急ぎじゃなかったとか？」

「！」

たった一言なのに見破られて、深呼吸で落ち着かせる間もなくじわりと頬が熱くなった。

ふいと顔をそらして隠したものの、久瀬がやわらかく笑った気配がする。

「そっかあ、……うん、じゃあ帰ろっか」

上機嫌でカメラを片付け始めた。分解されていたのが手品のように元の形を取り戻してゆくのに目を奪われていると、楽しげに瞳をきらめかせて彼が言う。

「ちょっと待ってて、一緒に帰ろうね」

「……っはい」

戸締まりをする久瀬を待って、並んでスタジオKを出た。

「うわ、寒いねー」

はあっと大きく煙のような息を吐いて楽しげにしている久瀬が街灯に照らされている姿にうっかり見とれてしまいそうになって、慌てて目をそらしてマフラーを巻く。

「十二月ですしね」

我ながら芸のないコメント。もう少し会話が続くような気のきいたことを言えればいいのだけれど……と反省していると、振り返った彼がくすりと笑った。

「十二月でも南半球なら暑いって知ってた？」

「あ……忘れてました」

「真夏だと三十五度以上になるし、オーストラリアのサンタクロースは薄着じゃないとつらいよねえ」

言われてみればその通りだ。興味をひかれた景はオーストラリアも撮影旅行で回ったことがあるという彼に自分から聞いてみる。

「オーストラリアでもいわゆる『サンタさん』の格好なんですか？」

「うん、俺が知る限りはね。あ、でも友達がイベントでサンタの格好するときは服は赤いんだけど半袖《はんそで》、半ズボンになってた。やっぱり熱中症の危険があるからかなあ」

「半袖半ズボンのサンタさんですか……！」

「ゴールドコーストみたいな観光地だとサーフィンするサンタもいるよ。ちなみにツリーは樅《もみ》の木じゃなく松の木になってるみたいで、ちょっと雰囲気違うんだよね」

さらりと話を広げることができるのは久瀬ならではだ。会話のキャッチボールでこっちが捕りづらいゴロやフライを打ち上げても、華麗にキャッチして軽やかに戻してくれる。

彼が南半球で過ごしたクリスマスの話を聞きながらゆっくりと歩いているうちに分かれ道にきた。まっすぐ行くと駅で、右に曲がると住宅街。経理の仕事を通じて知った久瀬の住所は右のルートだ。

立ち止まった彼が景に向き直り、やわらかく微笑んだ。

「今日もありがとう」

「いえ、仕事ですし」

「それでも。えのちゃんのおかげで今年も助かったよ」

「……お役に立てたならなによりです」

決まり文句だけど、心から口にする。ふ、と彼の瞳が甘くやわらいだ。

「ねえ、お腹すかない？　このまま何か食べに行こっか」

思いがけない誘いに心臓が跳ねた。断れば今年はもう久瀬と会うのはおしまい、次に会えるのは年が明けた一ヵ月後。

外食があまり好きじゃない景はためらったものの、まだ彼と離れたくない気分に負けて思いきって頷いた。

「……はい」

「やった、えのちゃんと外食って初めてだよね！　何食べたい？」

「ええと……なんでもいいのですが……」

衛生的に信用のおける店がいいです、なんて言うのは我ながらどうかと思って口にするのをためらっていると、言いよどんでいる表情から彼は察したらしかった。

「そっか、えのちゃん外食も苦手だったね？」

「か、完全にアウトってわけじゃないんです。見るからに汚いお店とかじゃなかったらだいたい平気ですから」

本当は拭いたばかりなのにテーブルから部屋干しっぽい匂いがするとか、店主がおしゃべりすぎると唾《つば》が気になるとか細かく苦手なポイントがあるのだけれど、このままだと外食の話自体が流れそうで慌てて弁解する。と、彼がにこりと笑って頷いた。

「じゃあ俺のお気に入りのお店に行ってみる？」

久瀬が連れていってくれたのは飲食店街にあるビルの三階、『水無月《みなづき》』というお店だった。もともと『長月《ながつき》』という完全予約制のオーガニックレストランで働いていた店長が暖簾《のれん》分けという形で出した店らしく、オーガニック野菜をふんだんに使った和風ビストロといった感じでお酒も飲める。

白壁に竹垣を組み合わせた和風の外観、墨痕《ぼっこん》鮮やかな『水無月』という大きな藍の暖簾から受けた印象通りに店内はすっきりと落ち着いた雰囲気で、すみずみまで掃除の行き届いた清潔感がどことなく寿司屋を髣髴とさせる。これなら景も神経質な病を出さずに食事を楽しむことができそうだ。

「えのちゃん、お酒はいいの？」

アルコールのリストをこっちに向けてくれる彼に、すぐに目許が赤くなって酔って見えるのが嫌で人前で飲まないようにしている景はかぶりを振る。

「今日はいいです。久瀬さんはどうぞ」

「いや、俺もいいよ。理性がゆるむといけないからね」

「久瀬さんはザルだと聞いていますが……？」

「まあお酒には強い方だけど、せっかくえのちゃんとごはんまで一緒にできるようになったのにアルコールで気が大きくなってうっかり何かしたらいけないでしょ」

うっかりって何だろう、と怪訝な顔をすると、にやりと笑った彼が具体例を挙げた。

「肩組んだり、抱きついたり、ちゅーしたり」

「……うっかりでキスとかしたら駄目だと思うんですが」

「ねー。てことで飲まないでおきます」

どこまで冗談なんだかわからないものの、とりあえず今夜は飲む気分ではないらしい。

単品で頼んで分け合うという、普通の人なら気軽にできることも潔癖気味の景にはハードルが高いのだけれど、それをわかっている久瀬は料理がきたら先に半分取らせてくれた。

「この季節野菜の鉄板ステーキ、ほんとに美味しいからちょっと多めに取った方がいいよ」

そう言ってグリュイエールチーズを纏ってじゅうじゅうと音をたてている美味しそうな野菜たちが盛られた鉄板を先にこっちにやって、景が自分のカトラリーや箸《はし》で取り分けるのを待つ。ちなみに遠慮がちに取るとにっこりして景の手からスプーンを取り上げ、さらに追加するというサービスまでセットだ。

茄子《なす》と長芋《ながいも》のゴマ豆腐グラタンなるものに舌鼓をうちつつ、こんなに誰かとの外食を楽しんだことってなかったなとしみじみと思う。

「あの……、変なことを聞いてもいいですか」

「いいけど、えのちゃんが変なことを言うと思うとなんかドキドキしちゃうね」

にやりと笑う久瀬に目を丸くしたものの、小さく咳《せき》ばらいをして景は改めて口を開く。

「久瀬さんって気遣いは濃《こま》やかなのに、細かいことにこだわらないおおらかさがありますよね。どうしたらそんな風になれるんですか」

「……なんかすっごい褒められちゃったなあ」

目を丸くした彼が、くしゃりと照れたように笑う。とろけるまばゆい笑顔とは違うのにやっぱりすごい破壊力だ。

「せっかく聞いてもらったからには答えてあげたいんだけど、自分のことってよくわかんないしねえ。あ、でも細かいことを気にしないようになったのは旅行のおかげかも。あれはいい鍛錬になると思うよ」

いまいちピンとこなくて怪訝な顔になってしまうと、久瀬が言葉を足した。

「国内だとめったに不便を感じることってないけど、基本的な価値観やインフラが違う海外だとトラブルがあって当然だからねえ。公共の交通機関が時間通りに来なかったりストにぶつかるのはしょっちゅうだし、手持ちの荷物だけでやりくりするから『どうしてもあれじゃないと駄目』みたいな固定概念に囚《とら》われてらんないし、異文化とのコミュニケートは相手を尊重するのが基本だからまずは受け入れるっていうスタンスに慣れるよね」

「なるほど……」

「あと、細かいことを気にしてたら神経がもたない。砂漠とかジャングルとかだと生活様式が根本から違うしね。たとえば中央平原に行ったときとか、乾燥させた馬糞《ばふん》を燃料としてかまどに放りこんで、そのままの手で料理続けちゃうおばちゃんとか普通にいたよ」

「……！」

馬の排泄物《はいせつぶつ》を触った手で、という声にすらならないショック。予想通りの反応だったのか久瀬が笑う。

「俺も初めて見たときはさすがにちょっとびびったけど、そういうおばちゃんのシチューがすんごい美味しかったりするんだよね。考えてみたらさ、水道もないだだっ広い草原で水を調達する手段ってすごく限られてるんだよね。ほんの少しの水でもすごく大事に使うの。自分が贅沢《ぜいたく》に慣れてたことに気付くと火を通せば大抵のものは殺菌されるし、人間ってけっこう自前の免疫力とかでなんとかできるみたいだから大丈夫だろ、って感じでいろいろ平気になった」

彼の言うことはもっともだと思うものの、自分にはそう簡単に受け入れられそうにない。すぐに納得して受け入れ、おおらかになんでも存分に楽しむ能力がある久瀬は本当にすごいな、と抜群の適応力に感心するばかりだ。

久瀬の海外でのとんでもないトラブルや冒険の話で盛り上がりながら美味しい食事を楽しんで、店が混《こ》んできたのを機に名残惜しい気持ちでおひらきにした。

「二人だけの忘年会ってことで」といたずらっぽく笑った久瀬はいつの間にか会計をすませていて、『水無月』から出て狭い階段を下りながら景は恐縮して肩越しに振り返る。

「ご馳走《ちそう》していただくつもりじゃなかったのに、すみません」

「いいよ、俺は最初からそのつもりだったし。ていうか、どうせなら『すみません』じゃないのが聞きたいな」

目を瞬いてから、彼の言いたいことに気付いて慌てて頭を下げる。

「ありがとうございます」

「うん、どういたしまして」

笑みを含んだ声で返した彼が、ふいに楽しげに瞳をきらめかせた。

「一年かけてえのちゃんとの初デートにこぎつけたのに、割り勘とかないでしょ」

「……っ」

軽口だとわかっているのにじわりと頰《ほお》が熱くなった。久瀬がやわらかく瞳をたわめる。

「かーわいい」

「……久瀬さん、私が気付かないうちにお酒でも飲んだんですか」

「飲んでないけど、ちょっとテンション上がってるかなあ。えのちゃんが細かいことを確認しないで俺のおススメの店を受け入れてくれたのって、俺のこと全面的に信じてくれるようになったからでしょ」

「……！」

確かにその通りだ。神経質で潔癖気味の自分をさりげなく気遣ってくれる久瀬を一年に渡って知ってきたからこそ、彼が選んだお店なら大丈夫と安心していたことにいまさらのように気付く。

上機嫌な彼にどう反応していいのかわからずに顔を正面に戻して一階に向かっていると、下の方から五、六人くらいのにぎやかな集団が上がってきた。大学生くらいだろうか、アルコールが入っているらしく声量の調節ができていない。大声で笑ったり互いの肩を押したりしながら階段をやってくる。

何人かは足がおぼつかないくらい飲んでいるみたいだな、と眉をひそめた矢先、すれ違った一人が大きくふらついた。どん、と肩に強く衝撃が走り、気付いたときには足が階段から離れていた。

「えのちゃん……っ」

スローモーションのように傾《かし》いでゆく世界でやけにはっきりと聞こえたのは、初めて聞くくらいに焦った久瀬の声。

あ、これは落ちる。

覚悟してぎゅっと目を閉じると同時に腕を強く引かれた気がして、何かで包まれる感じがして重力を失った。何度か衝撃で体が揺れる。

すべてがあまりにも一瞬のことで、何が何だかわからなかった。

ずれた眼鏡の下でおそるおそる目を開くと、見えたのは近すぎてぼやけている布地。目をこらしているうちに、それが久瀬の着ていたカットソーとジャケットらしいとわかる。何も聞こえなくなっていた耳に響きだしたのは、速いけれど力強い鼓動。頰の下にあるしっかりした硬いものはよく鍛えられた胸板だということを景はようやく認識する。

階段から落ちたはずなのに痛くない。それどころか、体の下に久瀬がいる。――転がり落ちる前にとっさにかばってくれたのだ。

「……久瀬さん」

まだ動揺が残るかすれ声で呼びかけると、低いうめき声が聞こえた。

（あ、重いかも……）

強張《こわば》っている体をなんとかずらし、改めて表情をうかがう。端整な顔を痛そうにしかめていた久瀬が、無理やりのようにゆっくり片目を開けた。

「えのちゃん、大丈夫……？」

「はい……っ」

「よかった」

呟いた彼が本当にほっとしたようにかすかに笑って、目を閉じる。もう顔をしかめてもいなくて、急に顔色が悪くなったように見えた。

「久瀬さん……っ⁉」

焦って呼びかける景の背後で、さすがに酔いがさめたらしい若者の集団が落ち着かない様子でざわめきだした。けれども久瀬の様子を懸命にチェックしている景の耳には届かない。

呼吸はある。鼓動もちゃんと打っている。でも目を開けないのは打ちどころが悪かったせいかも。

「救急車……！」

これだけ動揺しているのに思いつくことができたのは我ながら上出来だった。震えているせいで取り落としそうになりながらも、なんとか救急に携帯から電話をかける。

これはまずいとばかりにいつの間にか若者たちは逃げ出していたけれど、説明に必死になっている景には気にする余裕すらなかった。

きびきびした足取りで目の前を行くのは、五十代くらいのスリムな看護師。

アウトドア好きなのかよく日にやけている彼女について行きながら、景は自分を落ち着かせるために何度も深呼吸する。その顔は少し強張っているだけで冷静に見えるけれど、内心ではものすごく動揺している。

ついさっき別室で、景は医者から意識を取り戻した久瀬の状態について説明された。頭部と背中の打撲、あちこちに軽い擦過傷。幸い冬場だったおかげで厚手の服が身を守ってくれたのだそうだ。捻挫《ねんざ》や骨折もなく、身体的には無事で命に別状はない。……けれども。

(記憶障害って……)

具体的には自分が誰で、どういう人間なのかわからない。どうして階段から落ちたかの記憶もない。

記憶障害。健忘症。俗にいう「記憶喪失」。

向かっている先の病室にいる久瀬は、冗談ではなくまさにその状態にあるのだという。

まさか身近な人に、そんなドラマや小説の世界でしか見たことがないような事態が起こるなんて信じられなかった。けれども頭部の強打による記憶障害は、程度の強弱を考えなければそう珍しくもないらしい。

失われた記憶は数時間で戻ることもあるし、一生戻らないこともある。「外傷性の場合は時間がかかっても徐々に戻ることが多いですし、一時的に混乱しているだけということもありうるのですが……」と前置きをしつつも、医者は現代医学をもってしてもどうなるかははっきりわからないのだと言った。脳はそれだけ複雑で謎めいたものだという。

(社長に連絡がとれたらよかったんだけど……)

久瀬がストレッチャーで運ばれていったあと、待合室に残された景は動揺したままながらも自分が知る唯一の彼の親族である春姫社長に連絡をとろうとした。プライベートの番号は知らないからスプリンセに電話したら、春姫社長はお気に入りのアーティストの地下会場のライブに行ってしまったとかで連絡がつかなかったのだ。

やむをえず景が久瀬の症状を聞き、これから本人に会うこととなった。

病室の前で足を止めた看護師が、ドアを開ける前に振り返って心の準備を問う。

「大丈夫ですか?」

「……はい、おそらく。自分でもよくわかりませんが」

なんといっても記憶喪失になった知り合いと会うのは初めてだ。しかもこっそり片想い中の相手、忘れられていたらどんな気持ちになるのか想像もつかない。

正直な答えに目を瞬いてから、母親くらいの年の彼女は景を元気づけるように微笑んだ。

「きっと久瀬さんが落ち着いていらっしゃることに驚かれると思いますよ。記憶障害になった方はこれまで何人か見てきましたけど、最初から自分の状態をあんなに冷静に受け入れられる患者様はほとんどいません。以前ボランティアで海外の紛争地域で看護師をしていたときに会った特殊部隊の軍人さんくらいでした」

さらりと例に出された耳慣れない単語にぎょっとする。軍人なんて、都会的で人当たりのいい久瀬とは真逆にいそうなタイプだ。

けれども「パニックになったら生命の危機に直結するからこそ自己コントロール力が鍛錬されているらしい」という説明を聞くと、納得できた。

久瀬は軍隊にいたことはないけれど、毎年といっていいほど撮影旅行に一人で僻地に行く。

大自然を相手にする場合は予想外のことが多くて、現地ガイドを雇っていてもハプニングの連続で危機一髪という体験をたくさんしているというのをさっき聞いたばかりだ。そういう体験を積み重ねる中で、生き延びるためにはパニックにならずに状況を冷静に分析し、何がベストか考えて行動するという自己コントロール力が心身に染みついたのだろう。

（パニック状態じゃないとしても……やっぱり普段の久瀬さんとは違うんだろうな）

記憶がない彼にとって景は見知らぬ他人なわけだし、これまでと同じように接してくるはずがない。どういう態度をとられるだろう。緊張してしまう。

「久瀬さーん、入りますよー」

「どうぞー」

ノックに応えたやわらかな低い声は、拍子抜けしてしまうはどいつも通りだった。

ぽかんとする景に「ほらね、びっくりでしょう？」というように笑って日くばせした看護師がドアを開ける。

久瀬はベッドに寝ておらず、その横の小型のテーブルを前に長い脚を折りたたむようにしてパイプイスに座っていた。テーブルには財布から出したらしい各種カードや免許証が並んでいて、それらを見ながらボールペンで問診票のようなものに何やら記入している。

……本当に、彼は身分証明になるものを見ないと自分のことがわからないのだ。

ドキリとして足が止まる。

「すべて記入できました？」

「できましたよ。このチェック表で見る限り、俺の記憶障害って自分自身と知人に関することに起きてるみたいですね。外国の大統領の名前なんかは憶えてるみたいだし」

「回答しながらご自分でそこまで判断できちゃったんですか」

苦笑する看護師が受け取った用紙は、どうやら記憶障害の程度や範囲をチェックするためのものらしい。「先生たちの仕事を取っちゃったんならすみません」なんて笑っている久瀬は記憶喪失になっている人とは思えないくらいにいつも通りだ。

出入口付近で固まったままの景の方に目をやった彼が、ふいに動きを止めた。

あまりにもまじまじと見つめられて、景は自分の後ろに誰か来ているのかと思わず背後を振り返る。誰もいない。つまり彼が見ているのは、自分。

「あの……？」

戸惑う景に、彼がにこりと笑った。

「ごめん、博多人形みたいに綺麗な子だなあって思って」

「……！」

『博多人形』という表現は前にもされたことがある。記憶がなくてもさらっと天然タラシな発言をする性格や言葉のチョイスは変わっていないらしい。

内心でどぎまぎしながらも表面上は落ち着いた顔でどうコメントを返すべきか考えている

と、「確かに涼しそうな顔立ちが似てますねえ」と相槌《あいづち》をうった看護師が「お勤め先の同僚の方だそうですよ」と簡単に紹介する。

「記憶を取り戻すきっかけになるかもしれませんし、お二人で少し話してみますか」

「……はい」

ためらいながらもきっかけになるなら……と頷くと、看護師は問診票を手に病室を去っていった。二人きりで残される。

緊張している景を、イスから立ち上がった久瀬が微笑んで手招いた。

「座る？」

「……ありがとうございます」

ぎこちなく移動してイスに腰掛けると彼はベッドに腰かける。改めて向かい合ってみても彼はずいぶん落ち着いていて、いつもとまったく変わらないように見えた。不思議な気持ちになる一方で、ほっとする。

「あの……」

「はい」

何か言おうと思って口を開いたはずなのに、他人行儀な返事に驚いて言葉に詰まってしまった。一回深呼吸をしてから、無難そうな質問をしてみる。

「……気分はどうですか」

「んー……、悪くはないけどよくもないね」

難しい回答だ。思わず眉根を寄せて黙りこむと、彼が意外そうに軽く首をかしげる。

「そうですよね、とか言わないんだね」

「あ……すみません、よくわからなかったので」

少し目を見開いた彼が、形のいい唇をゆっくりとほころばせた。

「うん、いいね。適当に流さない感じもツボだ」

「え……？」

「きみ、本当に俺がどういう気分か聞いてみたいの？」

『きみ』という距離のある呼びかけに動揺しながらも真顔で頷くと、自分の中をのぞきこむようにどこか遠い目になった彼が静かに口を開く。

「過去や人との関係がわかんないせいだと思うけど、俺はここに『いる』のに、どことも繋がってない気分。どうしてここにいるのか、何をすることを求められているのか、どこに行ったらいいのかがすべて茫洋《ぼうよう》としてて、自分以外の何もかもが『ある』のに『ない』感じ。何もない海の真ん中に一人きりで漂ってるって言ったら、もしかしたら近いかなあ」

それはものすごく孤独で、どうしようもなく心もとない感覚だ。こんなに穏やかな口調で語られているのが信じられないくらいに。

「で、そこにやってきたきみはどうやら俺のブイらしい」

「ぶい……？」

「うん。いますぐに摑《つか》まえて絶対に手放さない方がいい存在。たぶんすごく大事な子で、一緒にいたら気持ちが満足して落ち着くんだろうなってのがわかる。ってことで確認なんだけど、もしかしてきみって俺の恋人だったりする？」

「……っしません……！」

あまりにも思いがけない発言にぎょっとしてかぶりを振るのに、彼は怪訝そうにさらに確認してくる。

「本当に？」

「本当です……！　私は男じゃないですか、ちゃんと見えてます？」

「うん。でもさっき見たときになんかすごい胸にきて目が離せなくなったから、恋人だったのかなあって」

にっこりして言われた内容はまるで一目惚《ひとめぼ》れだ。でもきっと、意識を取り戻してから最初に会ったもともとの知り合いが景だったから無意識下に作用しただけに違いない。

鼓動が速くなりそうなのを深呼吸で整えて、景はちゃんと自己紹介をしようと名刺を取り出した。

「私は久瀬さんの仕事仲間です。所属はスプリンセというアパレルメーカーですが、久瀬さんが代表を務めておられるスタジオＫの経理も担当しています」

「へえ、景ってきちんとしてそうだから経理って似合うねえ」

名刺を手にしての何気ない呟きに思わず固まった。

「……あの、景って……？」

「え、きみの名前でしょ？　名刺にもそう印刷されてるし」

「そうですけど……、これまで下の名前では呼ばれてなかったので驚いたといいますか……」

しまった、なんだか顔が熱くなってきた。隠すようにうつむいてこっそり深呼吸を繰り返していると、しばらく眺めているような気配がしてからやわらかな低い声が響いた。

「俺に景って呼ばれるの、いや？」

「そういうわけでは……」

「じゃあ許してくれる？　俺、どうも堅苦しいの苦手みたいなんだよねえ」

言われてみれば、久瀬はスタジオKのスタッフ全員をニックネームっぽい呼び方で通している。景も最初から「えのちゃん」だった。そこまで考えてはっとする。

「あの、久瀬さんはこれまで私のことを『えのちゃん』と呼ばれてましたが……」

「そうなんだ？　んー……でも俺、えのちゃんより景って呼びたい。嫌じゃないって言ってくれたし、いいよね？」

にっこり笑顔で押し込まれた。下の名前で呼ばれるなんて慣れなくてそわそわするけれど、確かに嫌なわけではない。少し眉を下げてしまいながらも頷くと彼が笑みを深くした。

「ねえ、どうせなら景も俺を『久瀬さん』じゃなくて下の名前で呼んで？」

「……下の名前で、ですか」

「そう。もしかして知らない？」

「いえ、存じておりますが……」

「じゃあ呼んで」

なんだろう、なんだかひどく甘くねだられた気がする。低くてやわらかい声のせいだと思うけど、呼ばれるのを待っている眼差しにもやたらとどぎまぎさせられる。

「……遼成さん」

「当たり」

にっこりととろけるように彼が笑んだ。一年前も思ったけれど彼の全開の笑顔はかなり危険だ。まばゆさに目がつぶれるかと思った。

「久瀬遼成って名前に全然馴染みがないんだけど、景の声で呼んでもらえるとなんかちょっと好きになれたなあ」

「何言ってるんですか、……遼成さん」

天然タラシは記憶を失っても天然タラシらしい。でも、少しでも不安がやわらいだり落ち着いたりする手助けができるのなら何度でも呼んであげたくて小声で彼の名前を添える。

記憶のない彼にとって財布の中身以外の情報源は景のみだ。聞かれるままにスタジオKのことや今日が彼の仕事納めであること、残業後に食事に行った帰りに景をかばって階段から転落した事故の経緯などを話した。

ひと通り話を聞き終えた彼が、感心した口調で呟いた。

「いやー、見事になんにも憶えてないや。記憶喪失って本当に自分や周りの人の情報が完全クリアされちゃうんだねえ。綺麗さっぱりすぎてびっくりだ」

「感心している場合じゃないですよ……!」

「そんなこと言われても他に感想とかないしなあ。とりあえずいろいろ教えてもらって俺の中で整理できたし、失《な》くしたものについていまさらジタバタしても仕方ない。まあ、なるようにしかならないよ」

「……ずいぶんのんきですね」

「景の知る俺は違った？　もっと焦って深刻になるタイプだったとか」

問いかけに少し考えて、かぶりを振る。

「いえ、全然変わってないです」

思い返してみたら、撮影時にトラブルがあっても久瀬が焦ってパニックになっている姿は一度も見たことがない。状況を整理してそのとき自分にできることをすべてやったら、あとは「なるようにしかならないよ」とゆったり構えていた。いつもどこか余裕があって、しなやかで軽やかな態度でなんでも乗り越えてしまう。

「記憶があってもなくても変わんないってことは、たぶん好き放題に生きてたんだねえ」

「……のびのびした感じの方ではありました」

婉曲《えんきょく》に肯定するとあははと彼が笑う。とんでもないことになって病室にいるとは思えないリラックス感、医者から聞いていなければ記憶喪失だなんて思えないくらいだ。

「遼成さんはすごいですね」

「え、なに急に？」

「いえ、私だったら自分が誰かわからなくなったら絶対パニックになってしまうと思います。それなのに遼成さんは全然取り乱したりしないで落ち着いているので、本当にすごいです」

真顔で言うと、「わー、なんかいまのでちょっと落ち着かなくなった」と照れたように笑う。

そういう姿も本当に変わらないなと内心でちょっと感動していると、少し考えるように首をかしげた彼が言った。

「パニックってさ、頭の中を整理できなくて自分が何をしたらいいのかわからないから起きるものだよね。でも俺、そういう混乱を起こす時間がすごく短いみたい。自分が病院にいるって気付いてからわりとすぐに『この状況でいま自分にできることは何か』って考えてたし、たぶんパニックにならない脳の使い方が身についてるんだと思う。とりあえず自分が脛《すね》に疵《きず》もつ身じゃないのはわかったし、財布の中身やカードの色を見る限り急に金銭的に困ることもなさそうだし、体にも問題ないらしいから大抵のことはなんとかなるって思ってるんだよね。だからほんとに、そんな顔してくれなくていいからね」

「そんな顔……？」

「さっきから何度も、景の方が俺よりつらそうな顔してくれてる。自分のことみたいに心配してくれてるんだなあって伝わってくるくらい」

やわらかな声で言いながら自らの眉間を指す彼の仕草で、景は自分が心配そうに眉をひそめていたことに気付く。意識して眉間を開いて、ふと目を瞬いた。

「遼成さんってよく見てるんですね。私はあまり表情がない方だと思うんですが」

「え、そう？　確かに大笑いとか変顔とかはしなさそうだけど、このへんにけっこういろいろ出てるよ」

彼がぐるっと指で示したのは目の周辺だ。

「俺の記憶では知り合ってからまだそんなにたってないけど、それでも眉間のシワとか伏せた瞳とか染まった目許とかでいろいろわかるよ。景は口許が上品で静かだし、眼鏡をしてるからちゃんと見てない人にはわかりにくいのかもね。こんなに綺麗なのにちゃんと見ないですませちゃう人の気がしれないよねえ」

「……っ」

にこりと笑った美形によるタラシ発言の剛速球。深呼吸をしてもじわじわと顔が熱くなってくる。こっちを眺めた彼がやわらかな笑みを含んだ声で呟いた。

「ほんとに綺麗に染まるよねえ。いいなあ」

「……いいものじゃないです」

低くて甘い声の「いいなあ」は羨望《せんぼう》のイントネーションではなかったのに違う解釈をした景が返すと、彼が軽く首をかしげた。

「なんかやなことがあったの？」

「いえ、大したことでは」

「ん……？」

やさしく問う口調と眼差しに、もったいをつけるようなことでもないから景は明かす。

「肌が白いと赤くなるのが目立ちますから、子どものころにからかわれることがあっただけです。よくある話です」

赤くなればなるほどおもしろがられるから、景は深呼吸で自分を落ち着かせる術《すべ》を身につけ、にぎやかな子たちと距離を置くようになった。もともとおとなしい子だったけれど、表情筋をあまり使わなくてすむひっそりと静かな生活を好むようになったはそのころからだ。

淡々と話したつもりなのに、久瀬は痛ましげに眉根を寄せた。

「ひどいね。なんか悔しいなあ……こんなに綺麗なのに」

染まった頬にすいと伸びてきた大きな手に思わずびくっとすると、即座に手を引いた彼が肩の高さでホールドアップした。

「ごめん、吸い寄せられちゃった。仕事仲間って言ってたのに馴れ馴れしかったね？」

「いえ、急なことで驚いてしまって……。こちらこそすみません」

まだ心臓が駆け足だ。これまでの久瀬は距離は近くても気軽に触ってくるようなことがなかったから、完全に油断していた。でも、景に関する情報をリセットされた目の前の彼の態度こそがおそらく『久瀬遼成の通常モード』。

（俺が人に触られるのが苦手だから、ずっと気をつけてくれてたんだ……）

いまさらのように気付いて、ふわりと胸があたたかくなる。

とはいえ目の前の彼は記憶がリセットされてしまった。今後のためにも改めて自分が神経質で潔癖気味だということを伝えた方がいいんだろうか……と迷っていたら、病室のドアが開いて看護師が入ってきた。

専門医が翌日により詳しい検査をするということで、久瀬はこのまま入院することになった。入院に必要なものは一式有料で貸し出しがあるうえに近くにコンビニもあるそうで、救急の特例で夜中まで病院にいた景は帰ることになる。

腕にかけていたコートを必要以上に時間をかけて着ながら、景は久瀬に目を向ける。

「何かあったら電話してください。遼成さんの携帯に私の連絡先も入っているはずですから」

「ん、ありがとう。何かあったら連絡するね」

「……あの、何かなくてもかけたくなったらかけてくださっていいです。夜中に不安になったときとかでも」

自分の名前さえ憶えていなかった彼の入院を知っているのは自分だけだ。一人にするのがあまりにも気がかりで重ねて言うと、少し驚いたような彼の瞳が徐々にやわらかな笑みにとけていった。

「そのときはよろしく」

頷いたものの、甘い眼差しに急に照れくさくなって後ろ髪をひかれる思いながらも病室のドアに向かう。さりげなく取り出したティッシュごしにドアに手をかけたところで、看護師に明日の検査時間を聞いていた久瀬に呼び止められた。

「ちょっと待って。もうひとつ甘えてもいい？」

「な、なんでしょう」

「明日、お見舞いに来てくれる？」

「当然です」

「当然なんだ？」

ふ、と瞳をきらめかせて彼が笑う。楽しげでやわらかな微笑みは記憶喪失になっていても驚くほどいつも通りで、景の心臓もいつも通りに跳ねてしまう。

こっそり深呼吸をして気持ちを落ち着けていると、彼から来院時間の指定がきた。

「検査とかいろいろ終わってからがいいから、四時くらいでお願いできるかな?」

「はい。それでは明日また来ますので、必要なものがあればご連絡ください」

「うん、ありがとう。じゃあまた明日ね、景」

景。

いつも通りに見えるのに、いつも通りじゃない呼び方。ひどく胸が落ち着かないのは彼が記憶をなくしてしまった不安と動揺のせいだと思うけれど、好きな人の低い声で呼ばれた名前はやけに甘く耳に残る。

病室のドアを後ろ手で丁寧に閉めた景は、少し染まった耳を無意識に片手で押さえた。

【3】

翌日、一日中そわそわしながら家の掃除をして過ごし、指定の時間――四時くらいということなので四時五分前きっかり――に、もしかしたら記憶が戻っているんじゃないか、と淡い期待を抱《いだ》いてお見舞いに行った景は、病室で身支度を整えて待っていた遥成の「退院することにしたんだ」という発言に唖然としていた。

「退院って……まだ記憶は戻ってないんですよね⁉」

「うん。でもいろいろ検査してもらって体はどこも悪くないのが確かってことだし、病院にいたからって記憶が戻るわけじゃないでしょ」

「それはそうですが……」

「ちゃんと先生の許可ももらったよ。精神状態も安定してるし、身元引受人がいるならすぐ退院していいって」

「身元引受人……？」

どこに、と怪訝な顔になった景を、にやりと笑って彼が指さす。

「俺ですか⁉」

「大丈夫、ただの建前だから。よろしくね」

思わず一人称が普段の『俺』になるくらい驚いた景をにっこりと押し切った彼は、ゆうべの時点でこういうつもりだったのだろう。だから指定時間が検査終了後、先生と退院の相談をする時間も鑑《かんが》みて午後四時だった。

「身元引受人ならちゃんとご家族が……」

言いかけて、遼成の心配ばかりしていて春姫社長に改めて連絡を入れるのを忘れていたことに気付いた景は申し訳なさに深く眉根を寄せる。

「……すみません、まだご家族に連絡がとれていませんでした」

「あ、それならよかった。しなくていいよ」

「は」

「もしかしたらすぐに記憶が戻るかもしれないんでしょ？　心配だけさせることになったら悪いし」

確かに短期的な記憶障害なら今夜、もしくは数日中に記憶が戻る可能性はゼロじゃない。でも。

「記憶喪失というのは大事件ですし、ご家族は知らせてほしいと思うのですが……」

「そうかもしんないけど、普通に仲がいい家族だったら身内に忘れられたら相当ショックを受けるよね？　俺としても憶えてない相手を悲しませて心配させるようなのは避けたいから、できればもうちょっと待ちたいかなあ」

やわらかな口調で言われた内容に納得した景は眉を下げる。

「すみません、差し出がましいことを言いました」

「いやいや、謝ってくれなくていいよ。景は俺の家族の気持ちになって考えてくれたんでしょ？　そういう誰かの心を思いやれる繊細な感性って貴重だし、俺は好きだよ」

「……っ」

赤くならないように数回深呼吸をしてから、すっかり自分で退院の根回しをすませている彼に景は改めて確認した。

「本当に退院して大丈夫なんですか？　記憶がないのに外に出るなんて危険だと思うのですが……」

「大丈夫だよ。目も見えるし、耳も聞こえるし、プライベートな記憶がなくなっただけで頭もごく正常にはたらいてる。そんな大人が家に帰るだけなのに危険なことってそんなになくない？」

くすりと笑ってもっともなことを言った遼成は、カードを使っての支払いを含むあらゆる手続きをさくさくとこなしてあっという間に自由の身になった。目の前で実務能力を証明されてしまってはこれ以上過保護なことは言えなくなってしまう。

病院の外に出たら、満足げに大きく伸びをした遼成が上を見て呟いた。

「いい色だねえ」

目を細めている彼の視線の先には、冬らしく早い夕暮れ時の空の色。淡い群青にとけこんでゆくオレンジ色のグラデーション。

「……綺麗ですね」

やっぱり彼は根っからのフォトグラファーなんだなあと内心で感心しながら景も同じ方を見て心から返すと、こっちを向いた遼成がやわらかな笑みと共に聞いてきた。

「退院したけど、まだ景に甘えてもいい？」

「……っなんでしょうか」

「スタジオに連れて行ってくれる？　俺が働いてたっていう場所」

記憶を取り戻すきっかけを探しに行くのだ、と気付いて景は案内を引き受ける。口調や態度はこっちが心配になるくらい軽やかで天然タラシでも、彼の行動はとても理性的だ。

二人でタクシーに乗ってスタジオKに向かった。

今日は土曜日だけどコミさんのスケジュールに撮影が入っていたため、スタジオには人がいた。スタジオKのスタッフも何人か外に出て作業をしていたけれど、遼成は「どの人にも全然見覚えないし、どのくらい親しいかもわかんないから記憶がないのを隠したままやりすごせるとは思えない」と車から眺めるだけに留《とど》めた。

そのうち誰もいない時間帯にまた来てみるということで、彼は免許証の住所を見ながら運転手に次の行き先を告げる。遼成の自宅だ。

住所の場所にあったのは売れっ子フォトグラファーにふさわしい洒落た高級マンションで、最新式のオートロックは鍵を持っているだけで自動解錠されるらしく彼の部屋の大きなドアはすんなり開いた。

「へえー、俺ってこういうとこに住むような人間なんだね」

天井の高い、広々としたエントランスからギャラリーさながらに写真のパネルが飾られている廊下をゆったりした足取りで歩きながら、遼成がおもしろがっている口調で呟く。人ごとみたいな口調だけれど自分のことを憶えていない彼にとっては実際に人ごとなのだろう。

初めて訪ねるプライベートな空間にドキドキしながらも、あちこちのドアを開けて中をのぞきこんでは先に進む彼の後に景もついてゆく。三つめのドアでバスルームに行き当たり、ためらいながらも提案してみた。

「病院帰りですし、手洗いとうがいをした方がいいと思うのですが……」

「それもそうだね」

深くツッコミを入れられなかったことにほっとして、ずっと気になっていた手洗いとうがいをすませる。

2ＬＤＫの彼の部屋は、全体的に男性らしい洗練を感じさせるナチュラルで落ち着いたインテリアだった。あちこちの壁にアーティスティックにレイアウトされた様々なサイズのパネルに本能的に心をくすぐられるのか、遼成は「おお、スティーブ・ブルーム！　こっちはマン・レイのレイヨグラフかぁ」などと呟きながら瞳を輝かせている。実際にどれも個性と魅力に溢れていて、景もいつの間にかひとつずつ足を止めて鑑賞していた。

「これ、おもしろいですね」

素人《しろうと》らしい素直な感想が口から零《こぼ》れるなり、「どれ？」とすぐ近くにやってきた遼成が顔をほころばせる。

「植田正治《うえだしょうじ》だね、うん、静かで詩情のあるシュールさがマグリットっぽくていいよね。彼が最も敬愛している写真家がこっちのラルティーグなんだけど『毎日の幸せな一瞬が消え去っていくのが耐えられなくてカメラを持った』っていう人で、二人ともアマチュア精神を忘れずに撮るのを純粋に楽しんでいた人たちなんだよね。その感覚すごく好きだし、わかる気がする。俺も写真を撮る仕事をしてたらしいけど、すごく影響受けてるんじゃないかな」

「遼成さんはアーヴィング・ペン氏の再来という評価もされてるそうですが……」

「え、マジで⁉　うわー、それすっごいうれしい！　彼のはこっちの作品」

ごくさりげなく背中に手を当てて促されて心臓が跳ねたものの、体はびくっとしなかったし眉間にシワも寄らなかった。むしろ触れられている場所がじわりと熱を帯びた感じがして、鼓動が加速する。

深呼吸で自分を落ち着かせながら話を聞いているうちに、景はふと目を瞬いた。

隣にいる彼は今度はエドワード・S・カーティスが撮ったネイティブアメリカンの二枚並んだモノクロパネルについて語っているところだけれど、説明がすごく流暢《りゅうちょう》だ。写真家の名前だけでなく専門用語まですらすら口にする。

「こっちはプラチナプリントで印刷されてるんだけど、黒の絞りがよくてグレーの階調がほぼ無限に表現できるから微妙なニュアンスまで出せて質感がすごくわかりやすいよね。で、こっちはフォトグラヴュールっていう技法の印刷なんだけどより明暗の対比がクリアになって対象の本質が見えてくる感じがいいよねえ」

「あの……」

「ん？」

「もしかして、記憶が戻ってたりします？」

問いかけに自らの内面を確かめるように少し黙っていた遼成が、吐息をついて困ったような苦笑を見せた。

「ごめん、まだ戻ってないみたい。親の顔さえ思い浮かべられなかったし……。どこで、どうやって得たかは憶えてなくても、知識自体は普通に残ってるみたいだね」

「そうなんですか……」

がっくりしてしまう景の背中を慰めるようにぽんぽんと彼がやさしくたたく。その仕草に気持ちがやわらいだものの、あべこべな関係になっていることにはっとして顔を上げた。

「すみません、遼成さんこそつらいのに……！」

「ううん、大丈夫。もしこのまま思い出せなかったら家族や友達とかに悪いなあとは感じてるんだけど、そのときはまた最初から仲よくなればいいかって思ってたりするし。ていうか、つらいどころかむしろ俺のために景が胸を痛めてくれてるのってなんかうれしいなーとか思っちゃってる。ごめんね」

先に謝られたらツッコミを入れることも咎《とが》めることもできない。返事に困っている間にくすりと笑った彼がキッチンに向かう。

「記憶は戻ってないけど、ここに帰ってきたことでわかったこともあるよ」

「何ですか……？」

「まず、記憶がなくても基本的な好みは変わってないってこと。ここにある作品ぜんぶ、すごい好きだなあって感じる」

たくさんのパネルを指しての言葉に、なるほどと納得する。プライベートな空間に飾っているからにはもともとの彼が好きな作品のはず、好みが一致するなら変わっていないということだ。

次に冷蔵庫を開けた彼が、調味料以外ほぼ何もないがらんとした空間に確信を得た口調で続けた。

「二つめはどうやら俺は長期の旅行に行こうとしてたこと。さっきチェックした寝室に荷造り済みのトランクがあったし、どの部屋も片付いてるし、冷蔵庫が空っぽでゴミもない」

「あ……、そうです！　ゆうべはお伝えしていませんでしたが、遼成さんは年末年始に約一カ月の撮影旅行に行かれる予定でした」

撮影旅行が毎年恒例で、その間携帯を持ち歩かない彼は春姫社長に「行方不明者」とまで言われていることも伝えると「あー、いいねえそういうの」と大笑いする。

それにしても遼成はすごい。帰ってきた自宅にまったく見覚えがなくても落ち込んだり苛《いら》立《だ》ったりすることなく、落ち着いてあちこちを観察して冷静に判断し、記憶を失う前の自分について知ろうとしている。

「……ところで、どうして冷蔵庫でパスポートと航空券らしきものが保管されているんでしょうか」

ちらりと見えて気になった景が素朴《そぼく》な疑問を口にすると、取り出した遼成が「憶えてないけど、たぶん失くさないようにだろうね」とあっさり答えをくれた。大事な書類を一種の隔離空間である冷蔵庫で保管する人は珍しくないらしいけれど、きちんと管理すればいいものを食べ物と共に収納する感覚は景には理解不能だ。

「今年の行き先は……おお、ヘルシンキ！」

チケットをチェックしての声にはっとした。おもしろそう、まだ間に合うかな、なんて続きかねないから急いで先手を打つ。

「ダメですよ、記憶もないのに海外旅行とか！　ただでさえ最近は物騒なんですから」

「……りょーかい。ところで景って俺に対していつもそんなだったの？」

笑みを含んだ問いかけに目を瞬いてから、仮にも出向先の上司にあたる人を叱りつけてしまったことに気付く。

「すみません……！　いつもはこういう感じじゃないんですけど」

「そうなの？　でも俺、心配して叱ってくれる恋人とか好きだけどな」

「……恋人じゃないって言いましたよね」

「うん、聞きました」

にっこりして頷かれた。認めているはずなのにどうして意味深に聞こえるんだろう。やたらと楽しそうに瞳をきらめかせているし。

思わず胡乱《うろん》な視線を向けると遼成が笑って肩をすくめた。

「本当に恋人じゃないってわかってるよ、携帯にも部屋の中にもそういう相手がいた痕跡《こんせき》が全然ないし。俺ってモテない男だったのかなあ？　性格的にすごい難ありだった？」

ありえない発言をするキラキラ美形に思わずため息をついてしまう。

「逆です。遼成さんはモテてモテて困っちゃうを地で行く人だとあなたの叔母にまで言われる人でしたよ」

「じゃあなんで景と付き合ってないんだろう」

「……っ遼成さんが俺と付き合うわけがないじゃないですか」

「ふうん？」

どうしてそこで怪訝そうな顔をするのか。落ち着かない気分になってきた景は視線をそらして、時計が示している時刻に目を見開いた。もうすぐ午後七時、こんなに時間が経っているなんて思わなかった。

景の見ている方に目をやった遼成も驚いた顔になる。

「もうこんな時間？　あー……病院のフンチが早かったの思い出したらなんか急におなかすいてきた。夜ごはんでも作ろっか」

「作ると言っても材料がなさそうですが……？」

「大丈夫大丈夫、なんとかなるって」

さらりと言って棚や冷凍庫を物色しているけれど、さっき見えた冷蔵庫には食材になりそうなものは何もなかった。どう考えてもなんとかなるとは思えない。

「外食にしますか？」

本当は外食は苦手だけれど自分が我慢すればいいだけだと思って提案してみたのに、食材のチェックを終えた彼は鍋を取り出した。

「いいよ、パスタがあったし。景も手伝う？」

「手伝います」

何を作るつもりなのか想像もつかないけれど駆け寄って、遼成があちこちを探して出してきた調理器具を片っ端からきっちり洗う。最後にパスタ鍋を洗い終えたところで、じっとこっちを見ている視線にようやく気付いた。

「どうかしました？」

「いや、どうもしないけどもしかして景って潔癖な方？」

「……っ」

何気ない口調の正確な指摘に驚いて息を呑《の》むと、彼が納得顔になる。

「やっぱりそっか。ゆうべ病室のドアを開けるときにティッシュで直接触らないようにしてたし、さっき手洗い・うがいをすごく気にしてたみたいだからもしかしてって思ってたんだよね。じゃあ昨日俺に触られそうになってびくってしてたのもそういうことかあ」

「すみません……」

まさか自己申告しなくても気付かれてしまうとは思わなかった。遼成にはだいぶ慣れたから他の人よりずっと神経質な部分は見せずにすんでると思ってたのに……と落ち込みかける景に、やわらかな低い声がかかる。

「いいよ、謝らなくって。綺麗好きなのは悪いことじゃないでしょ。ていうか人より気になることが多いんだったら、きっと大変なことも多いよね」

さらりと言われた内容に、少し息が止まった。言い方は違うけれど一年前とほぼ同じ発言。記憶があろうがなかろうが、彼の根本は本当に同じなのだ。

なんだかしみじみした気分で遼成を見ると、鍋を手にした彼に心配そうな顔で見返される。

「もしかして手料理アウトだった？　外で食べる？」

こういうことに気付いてくれるのもやっぱり同じなんだなあと唇を少しほころばせて、景はかぶりを振った。

「いえ、遼成さんとなら外食より手料理の方が大丈夫だと思います。本当は手作りは苦手なんですけど、遼成さんには慣れていますし衛生的にも信用していますので」

「ん、そっか」

ほっとしたように笑う彼に、景はさっきの彼の言葉を思い出して言い足した。

「あの、触られるのももう大丈夫ですから」

「うん？」

「ゆうべは想定していなかったから驚いてしまいましたが、今日は背中を触られてもびくっとしませんでした」

だから人並みの接触は大丈夫です、と真顔で伝えると、「そっか」と呟いた遼成がどこか楽しげにゆっくりと笑み崩れてゆく。どうして彼はこんな風に笑えるんだろう。見ているだけで心臓がおかしくなって、深呼吸が必要になってしまう。

どこをどう見てもマトモな食事が作れるとは思えなかったのに、遼成に従ってあれこれしているうちに最終的にテーブルにはパスタとスープの皿が並んだ。

パスタはたっぷりのチーズと黒胡椒《くろこしょう》、バターと少しの塩のみで味付けされたシンプルなもの。スープは冷凍庫に入っていたブロッコリーと棚にあったホワイトアスパラの缶詰のコラボレーション、同じく棚にあった塩味のクラッカーを砕いて浮き実にしている。「コンソメ入れるとなんでもスープになるよねえ」と軽やかに乱暴なことを言った遼成にぎょっとしたものの、とりあえず見た目はセンスのいい器の視覚効果もあってあり合わせとは思えないレベルで完成した。

「……美味しいです！」

シンプルな材料とは思えないくらいにコクがあってスパイシーなパスタを口にした景が眼鏡の奥の瞳を丸くするのに、遼成がふふっと笑う。

「でしょ？　カチョエペペっていうローマの伝統的パスタで、隣のマンマに教えてもらったんだ。本当はペコリーノ・ロッマーノっていう塩気が強いハードタイプのチーズを使うんだけど……」

ふいに途切れた声にパスタ皿から目を上げると、彼は何か考えこんでいる様子だ。

「どうしました？」

「うん……、いま俺、記憶が零れてたね？」

「！」

隣のマンマは『知識』じゃなくて彼の知る『人』だ。失った記憶の部分。

「思い出されたんですか？」

勢いこんで聞く景に、少し眉根を寄せて目を閉じていた彼がふっと息をついた。

「……ごめん、パーツだけみたい。マンマの笑顔とか、美味しかったこととか、日差しがいっぱいに差しこむ夏のキッチンだったのは憶えているのに、あとは全然。俺が何歳のころだったとか、他に誰かいたのかも思い出せない」

普段の遼成なら見せないような苦い笑みに、こっちの胸が切なくなる。きっと楽しい思い出だったのだろうに、手のひらから零れ落ちて摑めないのは悲しいに違いない。いくら彼が平気そうなふりをしていてもつらくないわけがないのだ。

「景、またそんな顔してる。大丈夫だってば。ほら、眉間伸ばしてー」

遼成が自らの眉の間を伸ばすふりをして見せて、また無意識に眉をひそめていたことを自覚する。こっちが沈んだ顔をしてしまったせいで本人に気を遣わせるなんて我ながら不甲斐《ふがい》ない。

「すみません……」

「ううん、俺のために景が心を痛めてる表情って、可哀想《かわいそう》なんだけどなんかときめくね」

にっこりしておかしなことをのたまわれた。どう返したらいいのかわからずにいる間に、すっかりいつも通りに戻った彼がくるくるとパスタをフォークで巻き取りながら続ける。

「それにしても不思議だよねえ。自分自身と知人に関する記憶はすっぽり抜けてるみたいなのに、雑多な知識は残ってるし生活自体は問題なくできるんだよ。ほら、料理とかも」

綺麗に一口サイズで巻き取ったパスタを示しての言葉はその通りだ。記憶喪失なのにもかかわらず、遼成は普段料理をしない景よりよほど手際よく、しかもあり合わせでこの夕飯を作ってしまった。

「記憶していた領域が違うんだろうね。おもしろいもんだねえ」

とんでもないことになっているのに取り乱すこともなく、むしろ客観的に楽しみつつ冷静にいろいろなことを判断している彼には脱帽だ。この調子なら一人にしても大丈夫なのかもしれないし、何日かしたら記憶が戻るのかも。

そう思っても記憶を失うほど頭を強打した人を、一人きりで残してここを去るのは心残りすぎる。せめて春姫社長にだけでも連絡を、と勧めてみたのだけれど、やんわりした言い回しで断られてしまった。

「景の話だと俺は一カ月間は撮影旅行に行っているはずなんだよね？　しかもその間音信不通になるのが恒例ってことは、ある意味いいタイミングじゃない？」

「いいタイミング……？」

「撮影旅行を予定していた長い冬休みの間に記憶が戻ったら、誰にも迷惑も心配もかけないですむでしょ。一カ月も猶予期間があるってわけだ」

にこりと笑って言われた内容は確かにその通りだけれど、それはつまり最大一カ月は景以外の誰も彼の記憶喪失について知らされないということだ。

「……無茶すぎませんか」

「そんなことないよ。いざとなったら憶えてない相手に迷惑かけるのが嫌だとかわがまま言わずにちゃんと連絡するし」

冗談めかした軽やかな言い方だけれど、あくまでもすぐに身内に知らせる気はないらしい。本人がそう決めたのなら、どれほど心配でも職場の同僚にすぎない景にはこれ以上の口出しはできない。

自分にそう言い聞かせてその日は帰ったものの、翌日の日曜午後、景は遼成が一人きりでどうしてるか何をしていても気になってしまって再び彼のマンションを訪ねていた。

「お、いらっしゃい」

ふわりと甘やかな歓迎の笑みに速くなりそうな鼓動を深呼吸で落ち着かせて、景は思いきってお願いする。

「誰にもご連絡する気がないのでしたら、せめてうちに来てください」

「景のとこに……？」

「心配なんです」

真顔での訴えに、ふ、と彼がやわらかく笑う。その手には記憶障害に関する本、他にも何冊か同系統の真新しい書籍がテーブルに積んであるから情報収集に努《つと》めていたのが窺《うかが》える。

落ち着いて一人で対処しようとしている彼にお節介だとわかってはいても、好きな人がこんなことになっているのを知っているのが自分だけなのに、このまま放置するなんて景にはどうしてもできない。ゆうべからずっと考えた末の申し出だ。

「やさしいねえ。でもさ、景ってちょっと潔癖気味なんだよね？　俺が一緒にいたらストレスになるんじゃないの」

一瞬言葉に詰まるものの、もう気持ちは決まっている。

「神経質に細かいことを言って遼成さんを困らせてしまうかもしれませんが、できるだけ我慢します」

「いや、俺としては景のストレスになるんじゃないかってことが気になるんだけど」

「いまのあなたを一人にする方がストレスです」

ふうん、と呟いた彼が少し首をかしげた。

「ほんとにいいの？　俺たちって仕事仲間だけど友達ってわけでもないんでしょ」

「私を助けてくださってこんなことになったのですから、やはり責任を感じます。病院ならまだしも、一人になった遼成さんが夜中に具合を悪くされたらと思うと心配でゆうべはよく眠れませんでしたし、今日もずっと気になってて何も手につかなくて……、ですからせめて数日だけでも……」

なんかちょっと必死すぎるかも、と自覚するなりだんだん声が小さくなった。

「……無理にとは言わないですが」

言い足した景をしばらく見つめていた遼成が、ゆったりと破顔して、頷いた。

「じゃあ、甘えさせてもらおうかな」

無意識に入っていた力が肩から抜けたことで、景は自分が思っていた以上に彼から色よい返事がほしかったのを知った。


撮影旅行に行く予定だったおかげで大きなトランクは荷造り済み。極寒地向けの中身を少し入れ替え、買ったばかりの本を追加して、最後にしばらく空けても大丈夫なように室内を片付けてから遼成とマンションを出た。

あんなに綺麗なマンションに住んでいる人を築年数もわからないくらい古い家に招待したのはまずかったかな、とタクシーで移動しながら少し後悔したのだけれど、遼成の反応は予想外だった。榎本家の前に立つなり瞳を輝かせる。

「いいね、こんな正統派の日本の古民家に入れるなんてテンション上がる！」

記憶がなくてもその国ならではの文化を感じられるものに惹かれるらしい遼成は、ガラガラと音のする引き戸を景が開けたときから本気でうれしそうだった。

「おお、日焼けしたタタミ！　さりげなく見事な鴨居《かもい》！　コタツとストーブ！　うわ、縁側《えんがわ》まである！」

日本好きの外国人みたいだなあと思わず笑ってしまうけれど、日焼けした畳に喜ぶあたりは外国人よりマニアックだ。

いそいそと庭に面した引き戸を開けた遼成を追って縁側に出た景は、外の状態に気付くなり思わずしまったと羞恥《しゅうち》で眉をひそめた。もとは祖父が丹精していたそれなりに広い庭は、いまや見る影もない。言い訳がましくなるとわかっていても弁解してしまう。

「……近ごろは帰ってくるときはもう真っ暗ですし、土日は掃除や用事でなかなか庭までは手が回らないんです。新年を迎える前に植木屋さんに頼みたいと思っているんですがまだ連絡していなくて……」

「じゃあ俺がやってもいい？　おもしろそう」

思いがけない言葉に目を瞬いて隣を見上げる。

「本気ですか……？」

「うん、素人仕事で悪いんだけど」

「いえっ、そんな」

「じゃあ任せてくれたってことで承りました」

にっこり、例によって笑顔で押し込まれた。ありがたいけれどなかなかの強引さに目を丸くしたあと、こらえきれずに景は笑ってしまう。

「……どうかしました？」

なぜかじっと見つめてくる遼成に気まずさを覚えて聞くと、ふわりと甘い笑みが返ってきた。

「いまの表情、これまで見てきた中で最高によかった。残せないのが残念だなあって思って」

「……っ」

じわりと頬が熱くなる。慌てて顔を伏せてみたところで、鼓膜まで染めてしまいそうなことを低くて甘い声で告げられた。

「俺ね、景の白い肌がふわって染まるのもいいなあって思ってる。普段は洗いたてのシーツみたいに清潔感に溢れてるのに、急に薄紅色の花がほころんだみたいになってすごく色っぽいよね」

もうなんて答えたらいいのかわからない。記憶がないにしろモデルを褒めながら撮影するのが日常のフォトグラファーだからなのか、天然タラシが本領発揮中なのか、同性相手とは思えないような言い方。地味な恋愛不適合者としては完全に許容量オーバーだ。

内心でめちゃくちゃ動揺しながらも固まっていた景は、「残せないのが残念」と言った彼の言葉でふいにひらめく。

「しゃ、写真を……っ」

「うん？」

「写真を撮るお仕事をされてるから、きっとそういう風に思うんですよね。あの、俺のデジカメでよかったら使いますか？　写真を撮るっていう行為が記憶を取り戻すきっかけになるかもしれないですし……っ」

この早口、我ながら動揺しすぎだ。うまく説明できた気がしなかったものの、ちゃんと通じて遼成は納得顔になった。

「それもそうだね。貸してもらっていい？」

「はい……っ」

逃げるように自室に戻って、学生時代に買ったもののほとんど使ったことのないデジカメを遼成に渡す。

「古い型なんですけど……」

「そうなの？　あ、充電切れてる」

あはは、と笑う彼の自然さにちょっとほっとしつつ景は充電器にデジカメを繋いだ。

（そういえば遼成さん、デジカメよりフィルム派だっけ）

いくらでも撮り直しができて修正や共有も簡単なデジタルも仕事によっては使うけれど、基本的に遼成はフィルムを好んで使う。露出を調整して味わいを変えられるのも、ただ一度きりという緊張感が神経を研ぎ澄まして唯一無二の瞬間を切り取れるのも魅力らしい。

デジカメだとあまり記憶を刺激しないかな、といまさらのように思い至ったものの、遼成が仕事で使う一眼レフカメラは景が知っているものとは値段の桁《けた》が違う。カスタマイズもしているようだし、本人とはいえ記憶がない状態の彼に使うように勧めてトラブルが起きたら申し訳なさすぎる。やっぱりデジカメで我慢してもらおう。

デジカメを充電している間もあちこち見て回っていた遼成は、床の間《とこのま》に飾ってあった松の盆栽《ぼんさい》をずいぶんお気に召したようだった。

「盆栽って渋いねえ……！」

「祖父の趣味だったんです。俺だと手入れが悪くて枯らしてしまいそうなので祖父の友人たちに形見分《かたみわ》けしたんですが、この松だけは手放す気になれなくて。枝の矯《た》め方とかもよくわかってないのでいまはもう自然に任せて自由にさせてるんですけど……」

それでも枝ぶりの豊かさや深い緑の鮮やかさ、小さいながらも味わいのある幹などをかなり気に入っている。遼成も共感してくれたらしかった。

「うん、これは下手に手を入れない方がいいよ。すごく格好いい。いい趣味してるね、景」

センスのいい人に褒められるのは面映《おもは》ゆいけれどうれしい。もともとお気に入りの黒松だったけれどもっと好きになった。

昨日も感じたけれど、遼成といると一人でいるときとは比べものにならない速度で時間が過ぎてしまう。二人で用意した夕飯を食べてお風呂をすませただけなのにすっかり夜になっていた。

遼成は自分がいると潔癖気味の景のストレスになるのでは、と気を遣ってくれたけれど、一年以上かけて職場で彼に慣れてきたのが奏功しているのか特に気になることはなかった。まだ初日というのもあるかもしれない。

「景、気になることがあったらちゃんと言ってね？　こっちも気をつけるけどアウトなところは言ってもらわないとわかんないし、我慢しているうちに景が俺を嫌いになる方が困るから」なんて心臓を跳ねさせるようなことを言う遼成に促されてテレビなどのリモコンを所定の位置に平行に並べて置いてくれるようにとは伝えたものの、いまのところ他に文句はない。

そのうち他に出てきたら伝えるという約束はした。

寝間は二人とも景の部屋だ。万が一夜中に遼成の具合が悪くなってもすぐにわかるように。

布団乾燥機にかけておいた布団を並べて、最後の仕上げをしようとしていると背後でくすりと笑う気配がした。

「景、やっぱりそれ持ってるんだ」

遼成が指しているのは寝具専用の掃除機だ。「やっぱり」に少し複雑な気持ちになったものの開き直って電源を入れる。

「会社勤めだと布団の天日干しなんてなかなかできませんから」

「だよねえ」

微妙に笑みを含んでいるけど気にしないことにして、二組の布団に丁寧に掃除機をかけてから遼成を促した。

「どうぞ」

「おお～、畳に布団……！　和の心だねえ」

「おおげさですね」

うれしそうに寝転がる彼に噴き出してしまうと、カシャリと音がした。目を瞬く景にデジカメを手にした遼成が布団に寝そべったままにやりとする。

「シャッターチャンスは逃さない」

「プロっぽいですね」

「プロなんじゃないの？　憶えてないけど」

「プロですよ。ええと、ちょっと待ってくださいね」

本棚から三冊の写真集を取り出す。実用書と文庫本中心の本棚でサイズも装丁も異彩を放っていた三冊だ。

「遼成さんの出された写真集です」

「へえ～、実感ないけど本当に俺ってフォトグラファーなんだねえ」

興味深そうに呟いて写真集をぱらぱらとめくる。世界各国の何気ない日常を空気感まで切り取った一冊、アフリカの野生動物への敬意を感じさせるモノクロの一冊、どこの国かわからない場所の地面と空をクリアな色で写しとった一冊と、それぞれテーマも雰囲気も違う。

ひと通り見終わった彼が、その中の一冊を抜き出した。

「もしかして景、これがお気に入り？」

地面と空を対比した『Ref』という写真集だ。

「そうです……！　どうしてわかったんですか」

「これだけ表紙の角とか中の紙の端がちょっとよれてるし、持っただけでページが開くから。他のより何度も開いてるんだろうなって」

なんでもないことのように言う彼の観察眼に舌を巻く。記憶がなくてもやはりフォトグラファーとしての目がいろいろな情報を何気なくキャッチしているのだろう。

簡単に好みを見破られたことに照れくささを覚えつつも、景はお気に入りの写真集を受け取って大事そうに表紙を手のひらで撫《な》でた。

「俺、この写真集にすごく助けられたことがあるんです」

手のひらまで青が染みこんできそうな表紙は、境界線がわからないほど澄んだ空と穏やかに凪《な》いだ海がごく自然にグラデーションを織りなしている。海は空を映して青いというけれど、海が深くなるにつれてひとしずくごとに閉じこめられた空の青が濃くなってゆくような不思議で美しい表紙だ。

清冽《せいれつ》な青の美しさに惹かれて、就職活動中の景は大型書店の店頭に平積みになっていたこ

の写真集を手に取った。いいところまでいっても内定をもらえずに自信を失い、疲れ果てていた心に静かな美しさが響いた。

もともと写真に興味があるわけじゃなく、表紙だけに惹かれて買った一冊の写真集。それぞれの写真は左ページに地面、右ページに空という二枚一組で作品となっていて、ごく小さくタイトルが左上に記載されている。

『雨上がり』は左ページにアスファルトの黒に風紋のきらめきがまぶしい水たまり、右ページには虹のかかる青空。

『白銀』は一面にまばゆいほどの白、隣のページでは見上げた空の薄青を背景にダイヤモンドダストを世界にふりまいて飛んでゆくような優雅な鳥のシルエット。

『カーニバル』は古い石畳の上を小さな紙や花びらや金銀のモールのかけらが彩り、次ページでは真っ青な空に飛び立ってゆく色とりどりの風船やカラフルな紙吹雪。

最初はただ「綺麗だなあ」「どこの国だろう」くらいの気持ちで表紙で受けた衝撃以上のものは感じずに流し見ていた。印刷された写真が自分に何かの影響を与えるなんて思ってもみなかった。

けれどもある日、景は気付いたのだ。

うつむいて歩いているときにこれまで気にもしていなかったいろいろなものが目に入るようになった。それは必ずしも綺麗なものじゃなくてポイ捨てされたゴミだったりもするけれど、ときには名も知らぬ草が可憐《かれん》な花を咲かせているのを見つけることもある。

雑草にも花が咲くんだ、なんて当たり前のことにちょっと驚いて、対応するものを探すかのように空を見上げる。ビルで区切られた空は遠くて狭いけれど、おもしろい形の雲に出会えたり、街路樹が日光にきらきらしているのに目を細めたりできる。

顔を上げて周りを見る、ということを思い出した。

いつの間にかうつむくのが当たり前になっていて、携帯の画面、就職活動のための資料、スケジュール帳など情報ばかり見るようになっていた。

意識して顔を上げて、周りを見る。目に入るではなくて、ちゃんと見る。

心がけるようになってから受けた会社のひとつにスプリンセがあった。最終面接の終わりに「今日見たいちばん綺麗なものって何かしら？」と春姫社長が難しい質問を投げてきて、景は少し考えてから印象に残っていた「御社のエレベーターの格子《こうし》の透かし彫りです」と答えた。結果、「あれに気付くなんて素晴らしいわ！」と喜んだ春姫社長からその場で採用という驚きの内定をもらったのだ。

景にとってこの写真集は転機になり、大きな力になった。いまでもたびたび疲れたときや落ち込んでいるときにページをめくり、エネルギーを分けてもらっている。

「もし遼成さんの記憶が戻らなかったら、お仕事はどうなるんでしょうか」

彼の写真のファンとしては、復帰できない可能性を考えるだけでも悲しい。深刻な気分で呟くと、穏やかに落ち着いたやわらかな低音が返ってきた。

「そうだねえ、料理とか体が覚えていることはできるし知識自体はあるからなんとかなるのかもしれないけど、人間関係に伴って失った記憶がどのくらいあって、それが作品の質にどんな影響を及ぼすかはまだよくわからないよね。まあ、どうなるかわからないことをくよくよ考えても仕方ないよ」

「……遼成さん、強いですね」

言う通りではあるものの、あまりにも飄々《ひょうひょう》とした態度にはもう感心するしかない。普通はそんなに割り切れないと思う。

ため息混じりの呟きにゆったりと彼が笑った。

「まあね。人間って大丈夫だと思ってたら案外タフにやっていけるものだよ。……っていう妙な確信が俺の中にある」

「そういえば、海外でいろんな目に遭ってこられたらしいですしね」

数々の武勇伝を思い出して納得した景は、少しでも遼成が記憶を取り戻すよすがになればと思って自分が知っていることを話す。話すのは得意じゃないのだけれど彼は聞き上手で、気付けば日付が変わっていた。

目がしょぼしょぼしてきて声のトーンも落ちてきた景に、隣の布団で横になって話を聞いていた遼成が体を起こした。

「たくさん俺について教えてくれてありがとう。もっと景の声を聞いていたいけど明日は仕事だよね？　もう寝よう」

返事をするより先に明かりを落としてしまう。暗くなると一気に眠気が襲ってきた。

「何か記憶を取り戻せるようなことを言えたらよかったのですが……すみません」

布団の中でごそごそと眼鏡をはずして手探りでケースに仕舞いつつ言うと、闇《やみ》の中で甘く、やわらかな笑みを含んだ低い声が響いた。

「何言ってるの。記憶喪失なんてふざけたことになってるのに景のおかげでいますごく心強いし、なんか楽しいくらいだよ。ありがとう」

「……いえ」

ほっとすると同時になんだかどきどきする。姿が見えなくても、記憶喪失でも、その低くて甘い声だけでこっちの脈を乱してしまえるなんてやっぱり彼は天性の人タラシだ。

神経質な景はこれまで他人と同じ部屋で寝たことがなかったし、こっそり片想い中の相手と布団を並べて寝るなんていう状況に緊張している。眠くてもそんなに簡単には眠れないだろうと思っていたのに、いつもあたたかくやわらかな空気を纏っている遼成はアルファー波かマイナスイオンでも出しているのか、数分もしないうちに景はふわりとやさしい眠りに包まれていた。

【4】


遼成が榎本家に来て三日経った。今日は火曜日、スタジオKで仕事をする日だ。

定時で職場を出て帰ってきた景は、冷たい夕闇を温めるようにぽっと灯《とも》っている玄関先の明かりにマフラーの下で少し唇をほころばせる。

スタジオKでは「いまごろ『北の白都』なんて言われてるヘルシンキの綺麗な街並みにシャッターきりまくってるんだろうねー」なんて噂されている遼成が、まさかスタジオからそう遠くない榎本家で、あまり高性能じゃないごく普通のデジカメでのんびりと趣味程度に日本の冬を撮っているなんて誰も思わないだろう。本人の希望とはいえ、こっそり好きだった人が自分だけのものになったみたいな状況にそわそわしてしまう。

「……いや、浮かれている場合じゃないし」

こほん、と咳ばらいをして気持ちを落ち着ける。

『記憶喪失』なんて深刻な事態だ。いくら本人がおおらかに受け止めていて、下手したら古民家での暮らしを珍しがって楽しんでいるように見えたとしても、先のことを思えば自分まで楽しんでいる場合じゃない。記憶喪失になっている遼成が何も困ることがないようにしっかりフォローをしていかないと。

（まあ、俺がフォローしないといけない感じは全然しないんだけど……）

内心で苦笑しつつ玄関を開けて、使い捨てマスクをはずしてから一人のときとは違う声の大きさで帰宅のフレーズを口にした。

「ただいま戻りました」

「おかえり～」

台所の方から声が聞こえるなりスリッパの音がどんどん近づいてきて、靴を脱いで上がり框《がまち》に立ったときにはただの古い家さえやけに風情《ふぜい》のある背景に見せてしまうような長身の美形が目の前でにっこり迎えてくれた。

「お疲れ、寒かったでしょ」

「あったかい？」

寒風で冷えていた両の頬を大きな手のひらで包みこむ遼成に、心臓が大きく跳ねる。

「あったかいですけど……っ」

「ね」

にこにこして頬をうにうにする。

「も、もういいです」

「うん、血の気《け》が戻ってきた」

手のひらの温かさを移してくれた遼成は、白い頬に淡く朱が散った様子に満足げに頷いて台所へと戻っていった。

（もう本当に、遼成さんって……）

天然でタラシすぎる。

洗面所で手を洗いながら鏡に映る自分のうっすら染まった顔を見て、景は眉を下げてしまう。この頬の赤みは温めてもらったのもさることながら、八割がた緊張による赤面だ。

記憶喪失になる前は潔癖気味の景を気遣って触れないようにしてくれていたけれども、いまの遼成はごく自然にあちこち触れてくる。景が「人並みの接触なら大丈夫になった」と伝えたせいかもしれないけれど、予想以上の接触だ。天然タラシにとってはこれが「人並み」なのだろうか。

戸惑うものの、嫌ではない。

出会ったばかりのころに遼成と一定の距離を保とうと間合いの攻防をしたこともある景だけれど、一年に渡って彼を知り、慣れてきたおかげで自分でも意外なくらい触られても平気になっていることがこの数日で判明した。びっくりするのはものすごくびっくりするのだけれど、とっさに体をよけようとするような警戒はなくなっている。

（なんか……距離の詰め方が天然タラシだしなあ）

景が少しでも困ったそぶりを見せたらそれ以上は踏みこまないのに、ギリギリのラインを少しずつ押し込んでくる。たぶん本人無自覚で。

おかげで同居数日にもかかわらず、遼成は景の人生で最も親しい友人といえるレベルになった。彼を榎本家に招いた初日は入り混じっていた「私」と「俺」の一人称も、いまでは完全に「俺」になっているという馴染み感。

手洗い、うがいを終えて部屋着に着替えてから居間に行くと、こたつの上にはぐつぐつと湯気と美味しそうな匂いを立ちのぼらせている用意万端の鍋。

「今夜はすき焼きにしてみました〜。景、卵いる？」

「いえ、いらないです。生卵はちょっといろいろ気になるので……」

「あはは、そう言うと思った。あとでうどん入れるけど、ごはんは？」

「少しだけください」

「りょーかい」

景が愛用している焼き物のごはん茶碗《ちゃわん》に軽く白米をよそって渡してくれる。ものすごく格好いいよくできたお嫁さんをもらった気分だ。

「いつもありがとうございます」

正座をしてぺこりと頭を下げると、来客用の茶碗に自分用のごはんをよそった遼成がやわらかく笑って手を振った。

「いいよ、そういうの照れちゃう。ていうか俺の方が居候《いそうろう》だしね」

「でも、家事をぜんぶとか……」

「いいんだって、どうせ暇だし。ほら、もう食べよ」

さらりと流してお箸を手に取る。「心置きなく景のとこに居候したいから俺にやらせて？」と自ら申し出た彼は、現在榎本家の家事を一手に担ってくれているのだ。他人の手料理が苦手な景も遼成には慣れているおかげで気にならず、好意に甘えさせてもらっている。

写真の勉強のために早々に家を出て一人暮らしを始め、独立してからは年に一度は長期休暇をとって世界中で撮影旅行をしてきた遼成は記憶喪失にもかかわらず驚くほど家事の手際がいい。特に料理は何を作ってくれても美味しくて、景の食生活は一人暮らしを始めて以来ついぞなかったくらいにこのところ充実している。

（ちゃんと取り箸を別にしてくれるとこ、遼成さんっぽいなあ……）

実は景はみんなでつつく鍋が苦手だ。それぞれの口に入った箸が再び鍋につっこまれるのが気になってしまうのだ。

そういうことを遼成はわかっているみたいで、すき焼きの鍋にはちゃんと取り分け専用の菜箸が添えられている。本人はおおらかなタイプなのに、こういうことに気付いて景が困り顔にならなくていいようにしてくれるのが本当にすごい。

彼の気遣いが濃《こま》やかだから、同居してて困ることもほとんどない。「気になることはちゃんと言って」としょっちゅう促して、しかも伝えれば直してくれる遼成のおかげだ。たまに買い置きの品のラベルの向きがそろっていないとかタオルの端がずれているというようなことはあるけれど、それくらいは自分で直せるし、中には徐々に気にならないものも出てきた。少しずつ慣れて、お互いに変わってゆく。

温かいものを食べるときは気をつけているのだけれど、やはり眼鏡がくもった。

カシャリとシャッター音が響いてちょっと眉が下がるけれど、記憶を取り戻すきっかけになればと勧めたのは自分だから止められない。というか、こんな間の抜けた姿を撮って何が楽しいのかよくわからない。

ため息をつきつつ眼鏡をはずして白くなったレンズを丁寧に拭いてから顔に戻すと、楽しげに何枚か撮っていた彼が軽く首をかしげた。

「景、コンタクトはしないの？　食事のときとかあっちのが便利そうだけど」

「……目にレンズを入れるんですよ？　不自然です。ありえません」

眉をひそめての少々強すぎる拒絶に、彼の瞳にやわらかな笑みが浮かんだ。何か察してしまったらしい様子に慌てて言い足す。

「こ、怖いとかじゃないですから」

「うんうん」

笑みが深くなる。しまった、完全なる墓穴だ。

じわじわと頰が熱くなってくるのを感じて、視線をごはん茶碗に落として小さく呟く。

「……自分でもわかっているんですが、無駄に神経質なんです」

「繊細なんだよね」

やさしい声でやんわり訂正して、菜箸に持ち替えた彼がお肉と白菜を足してくれる。自分でもよくないと思っている性質を悪く思わないでいてくれるところも、さりげなく気遣ってくれるところもうれしくて、なんだか胸があたたかくなった。

(たぶん、遼成さんならもう取り箸を分けないで同じ鍋でも大丈夫だと思うんだけど……)

そう思うものの、絶対という確信はないし、せっかく取り箸を用意してくれている心遣いをわざわざ無駄にすることもないと思うから口には出さなかった。


土曜の朝、台所に遼成と並んで立った景はお味噌汁をおたまでかき混ぜながら不思議な気持ちになる。ちらりと横を見ると、鼻歌を歌いながら茹《ゆ》でた葉を刻んでいる端整な横顔。

「どうかした？」

「え」

「視線を感じる。もしかして俺に見とれちゃってる？」

「……そうかもしれませんね」

「景、俺のあしらいがうまくなったねえ」

あははと笑う彼に、景もすまして「鍛えていただいてますから」と返す。内心ではドキドキだけれど、不意打ちでなければけっこう返せるようになってきた。

遼成が榎本家に来てたったの七日。それなのに景はすっかり彼のいる生活に馴染んでしまって、ずっと前から二人で暮らしていたような気さえする。

それもひとえに遼成が天性の人タラシゆえだろうか。彼はとにかくさりげない気遣いが上手で、いつもやわらかくあたたかな雰囲気を纏っているから一緒にいるだけではっとする。そのくせナチュラルに甘えてきたり、ふとした拍子にさらっとスキンシップをとってきたりして景の心臓を跳ねさせるのだ。

すごく居心地いい相手なのに、意識させられる。こんなの誰だって恋に落ちる。

自分が恋愛不適合者だとわかっている景ですら「このまま遼成さんの記憶が戻らなければずっと一緒にいられるのかなあ」なんて妄想をうっかりしてしまうのだ。彼のためには記憶が戻った方がいいのも、恋人でもない自分がずっと一緒にいられるわけがないのもちゃんとわかっているのに。

混ぜたり運んだりするのだけ景も手伝った本日の朝食は、炊きたてごはんにかぶと厚揚げのお味噌汁、焼き鮭、かぶの葉と薄切りにした厚揚げの炒《い》り煮、キャベツとかぶとわかめのショウガもみ。食材を上手に使いきる遼成はあらゆる国の料理を作れるようだけれど、食べ慣れている味の方が景の箸が進むせいか最近は和食率が高い。

焼き鮭の身を綺麗な箸使いでほぐしつつ、遼成が聞いてきた。

「今日って何か予定ある？」

「いえ」

「じゃあ俺と一緒に買い物とか行ってみる？」

「買い物……ですか。そうですね、ご案内します」

スーツケースの荷物だけではやはり不足があったのだろう。必要なものを買いそろえられるように案内するのは自分の役目だと内心で気合いを入れて頷いたのに、なぜか「案内役は俺になると思うけどねえ」とくすりと笑って呟かれた。

買い物に向かった先は近所の商店街だった。

「……ここでいいんですか？」

「うん。夕飯の買い物だし」

あっさり頷いて、遼成は気後れする様子もなく商店街のアーケードをくぐる。これまで景は一度も利用したことがなかったのに、彼はほんの数日ですっかり顔馴染みになっていたらしく歩いているだけであちこちから声がかかる。

さすがは天性の人タラシ……と感心しつつ並んで歩いていると、魚屋のおじさんからひときわ威勢のいい声がかかった。

「よっ、遼ちゃん今日も色男だね！　そっちのおにーさんは友達かい？」

「そう見える？　ホントは俺の恋人」

魚屋のおじさんと一緒になって目を丸くするなり、にやりと笑った彼がいたずらっぽく続ける。

「……にする予定で口説いてるとこ」

「ははっ、なんだよ片想いかい。色男も形無しだね」

「どうしたら落とせると思う？」

「そりゃやっぱ美味《うま》いもん食わせねえと。ほら、今日はいいブリが入ってるよ。一匹丸ごとじゃ多いってんなら切り身もあるし、どうだい」

「いいね、ブリ大根とか美味しそう」

「おうよ、うちのブリに口説きは任せときな」

「切り身に口はないけどねえ」

あっはっは、と店主と笑いあっている遼成を景はぽかんと眺めてしまう。いきなりの「恋人」発言にはびっくりしたけれど、ただの冗談だったのだ。それもそうだ、もしリアルだったとしてもあんなにあっけらかんとカミングアウトするわけがない。自分が彼のことを好きだからって意識しすぎだ。

斜め向かいの八百屋で大根を、老舗《しにせ》っぽい和菓子屋では甘納豆を買って、のんびり歩きながらあちこち見ているうちに出口のアーケードが見えてきた。五百メートルほどの商店街はなかなか盛況で、生鮮食品以外にも履物屋や花屋、薬局、クリーニング店など、生活に必要なものがすべてまかなえるくらい多様な店舗が並んでいる。

「この商店街がこんなに充実していたなんて知りませんでした」

「その口ぶりだと来たの初めて？」

「はい。買い物しているときに声をかけられるのがあまり好きではないので……」

「ああ、景はちょっと人見知りっぽいもんねえ。俺はこういうの楽しくて好きだけど、もしかして一緒に歩くのしんどかった？」

「いえ、おもしろかったです」

「よかった」

安心したような笑みを見せた遼成が、「次はあっち」と精肉店の方に促した。

「さっきブリを買ってましたよね？」

「この商店街って日曜休みが多いから、明日のぶん。ハンバーグとチキンのトマト煮込みだとどっちがいい？」

「急に言われても……どっちも美味しそうで迷います」

「じゃあ俺が先に着いたらハンバーグ、景が先だったらチキンね」

「え」

目を瞬いたときには遼成はすでに後ろ姿。慌てて追いかけてみても脚のリーチが違う。

「ハンバーグってことで」

精肉店の赤いシェードの下で振り返ってにこりとする遼成に、ほんの数メートルの競歩で息が上がってしまった景は笑って頷く。運動不足をこんな形で実感することになるとは思わなかったけど、ちょっと楽しかった。

精肉店の恰幅《かっぷく》のいいおばちゃんとも顔馴染みらしい遼成が買い物をすませるのを待っていると、「はい」とニコニコ顔のおばちゃんが揚げたてのコロッケを二人にくれた。

「サービス。イケメン大歓迎よ、お友達も一緒にまた来てね」

「ありがとおばちゃん、また来るね」

「あ、ありがとうございます」

軽やかにウインクして受け取る遼成みたいな真似はできないものの、きっちり頭を下げて紙の小袋から半分頭を出している熱々のコロッケを景も受け取る。

さっそくサクッと音をたててかぶりつく遼成と並んで商店街から抜けながら、景は手の中の「サービス」を眺めた。戸惑っているのに気付いた遼成が軽く首をかしげる。

「もしかして景、こういうのも苦手?」

「……わかりません。買ったことがないので」

「じゃあ食べてみなよ。揚げたては格別だよ～」

勧められて、ためらいつつもこんがりきつね色の衣の艶《つや》に惹かれて口許に運ぶ。隣で満足げにコロッケを食べている美形の姿にも背中を押された。

サク、と音をたてて一口。

ほくほくのジャガイモにたっぷりの合い挽《び》き肉、塩胡椒がきいている。シンプルなのにすごく美味しい。眼鏡の奥の瞳を丸くして隣を見上げると、絶妙のタイミングでカシャリとシャッター音がした。

「遼成さん……！」

「だって絶対いい顔見せてくれると思ったんだもん」

「だもんって……かわいこぶってもダメです！　あんまり撮らないでください」

「恥ずかしいから？」

「そうです」

「大丈夫だよ、景は美人さんなうえにすごい可愛いんだからなんにも恥ずかしがることなんかないよ」

「……っ」

もうどうしてこの人は、そういうことを甘くていい声でさらりと言ってしまえるのか。フォトグラファーとしての無意識の習性か。じわりと頬が熱くなるのをまた撮られそうになって、急いで景はカメラのレンズを片手で覆った。

「もうほんとに、俺を撮るのは控えてください……！」

「えー、記憶を取り戻すきっかけになるかもしれないって言ったの景じゃない」

「そうですけど、いつ撮られるかわからないと思うと落ち着いて遼成さんといられなくなります」

「それは困ったね」

しぶしぶといった様子でカメラを下ろす。ほっとする景に小首をかしげて聞いてきた。

「一日何枚までならOK？」

「……それ、毎日必ず俺を撮るってことですか」

「うん、撮りたい」

じっと見つめて甘い声でそんな風に言われたら、なんだか抵抗できなくなってしまう。本当は写真を撮られるのは苦手なのに。

「……一枚だけ」

「無理」

即答での却下に目を丸くすると、にっこり笑顔で重ねられる。

「掛ける十」

「！　割る二」

「足す五」

「戻ってるじゃないですか！　二桁は駄目です、二分の一までです」

「じゃあ間をとって七で」

「……わかりました」

一桁台にしたうえでの中間、しかも八じゃなくて七という控えめな方にしてくれたのなら仕方ないなあ、と眉を下げつつも了承すると、くすりと彼が笑った。

「景、交渉下手だねえ」

目を瞬いて、はっとする。もともとこっちは一枚と言っていたのだから間をとるなら五になるはずだったのだ。

「ちょっとした詐欺にあった気分です……」

「手加減したよ？」

しれっとそんなことをのたまった遼成は上機嫌でダウンジャケットのポケットにデジカメを仕舞って、残りのコロッケを口に入れる。海外の市とかで交渉術を鍛えられたのかもしれないけれど、見た目のチャームに反してつくづく油断ならない。

「景、まだ食べられそう？」

「ええ、まあ」

残りを食べつつ頷く。健啖家《けんたんか》とはいいがたいタイプだけれど、さすがにコロッケひとつで満腹になるほど小さな胃袋でもない。さっきの件もあってどう続くのかと若干の警戒を滲《にじ》ませた返事に応えるように遼成が瞳をきらめかせた。

「ついでにもうひとつの出来たての醍醐味《だいごみ》、味わっちゃう？」

「……？」

何のことを言っているのかと思ったら、公園の近くの角にいつも出ているたこ焼きの屋台に案内された。生地の焼けるこうばしい匂いはソースやかつお節とあいまって美味しそうだけれど、小さいプレハブの掘っ立て小屋のような外観は景にはハードルが高い。

「ここ、ですか」

「ここです」

にこやかに言い切られて眉を下げてしまう。

「商店街で買い物するついでにこの辺をいろいろ歩き回ってるんだけど、この前小腹が空《す》いてここのたこ焼き買ったらめちゃくちゃ美味かったんだよね。景にも食べさせてあげたいなあって思ってたんだ」

そんな風に言われたら「衛生的に気になるのでパスしたいです」とは言いづらい。遼成の好意を踏みにじりたくない気持ちと、屋台の外観に対する拒絶反応とが内心でせめぎあう。

無言で葛藤《かっとう》していたら、少し困ったように遼成が笑った。

「ごめん、そんなに悩ませるつもりじゃなかった。俺は景に無理させたいわけじゃないんだから、嫌なら嫌って言っていいんだよ」

大きな手が伸びてきて景の眉根を長い指先で軽く撫でる。また眉をひそめていたらしい。

やさしい手と声に、逆に勇気をもらった。

（さっき、コロッケも美味しく食べられたし……）

熱で殺菌されるから大抵のものは大丈夫、なはず。慣れないものを警戒しがちだけれど慣れたらけっこう平気になるのは経験的に知っているし、慣れるためにはまずは第一歩を踏み出さねば。

「美味しいんですよね？　食べてみたいです」

「ん、その心意気やよし」

景がアウトだった場合に備えてたこ焼きをひとパックだけ買った遼成に誘われて、噴水のある公園に向かった。円形の遊歩道がある公園はそれなりに広く、中央にある噴水を四方から見られるように遊歩道を囲む形でベンチがしつらえられている。寒いせいかほとんど人がいなくて座る場所は選び放題だ。

噴水がよく見える位置に先に座った遼成が、「うわ」と肩をすくめた。

「ベンチ、超冷えてる。風呂上がりのビールだったら最高なレベル」

「……それ、いまは全然うれしくないですよね」

「景の可愛いお尻が冷えたら可哀想だから膝《ひざ》に乗っけてあげようか？」

「いえ、遠慮します」

この数日でだいぶ彼の軽口に慣れてきたおかげで動揺することもなく打ち返して、冷たさを覚悟してベンチに座る。……恐れていたほどじゃなくてほっとした。

「覚悟してると意外と大丈夫だよねえ」

にこりと笑う彼はやさしいんだか、いたずらっこなんだか。思わず苦笑して頷く景に、遼成がほかほかと湯気をたてているたこ焼きを渡す。

「まずはお試しどうぞ」

「……いただきます、の前に」

「前に？」

「手を洗ってうがいをします。そこに水道ありましたよね」

「マンマ・ミーア……！」

イタリア語で驚いてみせても遼成はおもしろそうに笑っているから気まずくはならない。冷たい水で手を洗い、うがいをするのにも付き合ってくれる。

氷のようになった手にはほかほかのたこ焼きパックの熱がありがたくて、景は遼成の方に差し出した。

「遼成さんもどうぞ」

「さんきゅ」

パックを渡すつもりだったのに、彼は景の手ごと両手で包みこんでしまった。びっくりして何も言えないでいる景に楽しげに言う。

「俺たちいま、おもしろい絵面になってそうだねえ」

ひとパックのたこ焼きを二人で持って暖をとる成人男子。確かに変だ。ていうか変なことになったのは彼のせいだ。

「俺、渡すつもりだったんですよ」

「うん、でも景って冷えやすいでしょ。俺の手の方がもうあったかくなってるし」

指摘通り、パックを直接持っている景の手よりも彼の手の方が温かい。触れ合っていることを意識してだんだん落ち着かなくなってきた。さりげなく手を抜いて景はポケットから小さなチューブを取り出す。

「ハンドクリーム？」

「いえ、消毒用クリームです」

「さっき手を洗ったのに？　ジーザス！」

今度は英語で呟いたものの、彼も景に倣って両手を消毒した。「これで消毒できるってなんか不思議だねえ」と遼成がチューブに記載されている成分を興味深そうに見ている間に、長めの爪楊枝《つまようじ》でたこ焼きを刺して口にする。

外側はカリッとしていて、中はとろり。ダシと刻んだ紅ショウガがきいている。ソースは少し甘め、かつお節と青のりもいいバランス。

美味しいと細かいことは気にならなくなる、というのを景は実感した。とりあえずこのたこ焼きに関して店構えはもはや不問だ。

「おいひいです」

「ね」

はふはふしながらの感想に、相槌と同時にシャッター音。

「……二枚めですよ」

「ありがとう、商店街でもよくそう言ってもらえる」

格好いいの方の二枚目じゃないとわかっているくせにそんな返し方をする。枚数をごまかされないようにちゃんと数えよう、と内心で決めて景は爪楊枝を遼成に差し出した。

「遼成さんもどうぞ。熱いうちが美味しいですし」

彼が少し目を見開いた。

「同じ楊枝で気にならない？」

当然のように気遣われて、ふわりと胸があたたかくなる。すき焼きのときにすでに大丈夫そうだと思っていたけれど、やっぱり大丈夫だと思う。

「遼成さんですから」

「……いまのやばいね」

「え」

「無自覚なのかあ。もうどうしよう」

ひどく甘やかに笑った彼が、機嫌よく受け取った楊枝でたこ焼きを食べる。よくわからないけれどいつも以上に上機嫌だなと思って見ていたら、口許に二個めのたこ焼きを差し出された。

「いちいち楊枝の受け渡しするの面倒でしょ？」

自分はそうでもないけど彼は面倒なのかなあ、と思った景は、素直に口を開けて食べさせてもらう。遼成が低く、喉で転がすように笑った。

「景ってさ、クールなしっかり者のふりしてけっこう天然だよね」

「そうですか……？」

「自覚ないのもすっごい可愛い」

あやうく咳《せ》きこみそうになる。じわりと頬が熱くなるのを感じて慌てて顔をそらした。

「そんなわけないです」

「あるから言ってるのに」

カシャリ。三枚めだ。

「……数量制限したのに、撮るペースが落ちないんですね」

「困ったもんだね」

人ごとみたいに何を言っているのか、この人は。ため息をついても気にせずに、「噴水のきらめきが透明感のある景に似合ってるんだよね〜。我ながらよく撮れてる」とデータをチェックして満足げだ。

（フォトグラファーとしての性《さが》みたいなものなのかなあ……）

記憶がなくても撮りたくなるとか、被写体をやたら褒めるとか。現在彼の手近にいる被写体が景だけだから集中豪雨状態なのかも。

（でも、プライベートで撮った中から出した写真集は風景メインばかりだったような……？）

「景、たこ焼き冷めちゃうよ」

「あ、はい」

とっさに顔を戻すと次のひとつが口許に運ばれる。……声にしてないのに、彼の手からたこ焼きを食べる景を見ている眼差しが「可愛いなあ」と言わんばかりだ。

（……俺のこと天然とか言ったけど、遼成さんこそ根っからの天然タラシだ）

彼は記憶を失う前もたびたびこんな風に景を眺めていた。

声に出して褒めなくても表情がひどく甘やかで、それがデフォルトだと知っている景でさえついうっかり勘違いしそうになっていたのだ。記憶を失っても変わらないなんてまさに天性のタラシ。こっちを無駄にドキドキさせる罪作りな人だ。

美味しくたこ焼きを二人で完食したあとは、「ディオス・ミーオ」と笑みを含んだスペイン語で驚きを呟いた遼成と水道で口をゆすいでから家路についた。景の潔癖気味な行動を目の当たりにしても彼はおもしろがって付き合ってくれるから、他の人のときのように「気になるけど我慢しないと」と思わないですむのがありがたい。

行きに通った商店街には戻らずに、いつも景が駅から帰るときに使っているルートを散歩気分でゆっくり歩いた。見慣れた道なのに、元来フォトグラファーである遼成の目を通すと何気ないものが特別に変わる。

空に自在な五線譜を引いているような電線、葉の落ちた木の枝の複雑なシルエット、よく見るとシュールなデザインの看板、道行く人のマフラーの色柄、思いがけないところで冬景色に彩りを添えている花や実。世界がこんなにも豊かに美しさとおもしろさに溢れているなんて、自分だけの感性では同じものを見ても気付けなかった。

楽しい気分であれこれ話しながら寒風で冷たくなった手を無意識にこすりあわせると、気付いた彼がひょいと片手を差し出した。

「こちらのぬくぬく、いまなら無料キャンペーン中です」

大きな手のひらといたずらっぽい彼の表情を見比べて、思わず噴き出してしまう。

「本当にぬくぬくなんですか」

「確かめてみたら？」

こんなに寒いのにそう温かいわけが……と半信半疑で彼の手を触ってみると、本当に温かい。凍えた手にじんわり熱が染み入って離したくなくなるくらいだ。

「なんで……⁉」

「新陳代謝がいいからかなあ。ていうか景の手、ほんとに冷たいねえ」

くるっと手首を返すついでに景の右手を握りこんだ彼が、ダウンのポケットにまとめてつっこんでしまう。

「……っ遼成さん！」

「あったかいでしょ？」

「あったかいですけど、でも、こんな……っ」

動揺のあまりじわじわと顔が熱くなってくるけれど、彼は気にする様子もなくゆったりと歩き続けている。人通りの少ない住宅街に入ったとはいえ、誰かに見られたら誤解されてもおかしくない行為だ。

「俺たち絶対あやしいです……」

「そうかもねえ」

笑ってこともなげに肯定した彼が、ちらりと視線をこっちに向ける。

「ていうか景、周りの目が気になるだけ？」

「え……、ええ、まあ……あっ、すみません！　温めてもらっておいて」

「ううん、それはべつにいいんだけど。ふうん、そっかあ……」

何ごとか考えこむように呟いている遼成は手を離してくれない。温めてもらっている身としては無理やりふりほどくこともできずにあやしげなスタイルで歩き続ける。

「あの……もう温まりましたし、そろそろ……」

「ん、そうだね」

右手を離されてほっとした矢先、左手を捕獲される。

「左手さまもご案内～」

いつの間にか立ち位置も逆、すっぽりポケットに収納されてしまった。

（なんか、なんかもう……！）

うまく言葉にできないけれど、この手際のよさは何なのか。心なしか右手のときより強引になっているし、鼻歌とか歌ってるし。

ポケットの中で握ったままの景の冷たい手の甲を温かな親指で撫でながら、遼成がふと呟いた。

「手が冷たい人って心が温かいって言うよねえ」

「……それ、遼成さんは心が冷たい人ってことになりますよ」

「いやいや、そうとは限らないよ？　手の温度と心の温かさが反比例するっていう前提があるわけじゃないでしょ」

「あ、それもそうですね」

会話に気をとられているうちにあやしげな二人組になっているのもあまり気にならなくなってきた。というか、人当たりがいいわりに強引な彼には抵抗しても最後には押し切られるしな、というあきらめモード。冷たい手に彼のぬくもりがありがたいのは確かだし。

家の近所にきたところで遼成はちゃんと手を解放してくれ、友人らしい距離感を保って二人で帰宅する。門を入ったところで景は足を止めた。

「庭、すごく綺麗になりましたね……！」

「でしょ」

にっこりする遼成と共に横手に回り、L字型の榎本家の庭の全容を改めて目にする。

この一週間、朝はバタバタしていて、帰宅するころには夜のとばりがおりていたせいで庭の変化に気付いていなかった。明るい日の光の下で見る榎本家の庭は先日までのひどい荒れ様が嘘のように雑草や枯草がなくなり、一部の木は剪定《せんてい》までされている。濃い緑の植栽に山茶花《さざんか》のピンクや南天の赤が鮮やかだ。

「大変だったでしょう」

感激と感謝の気持ちでいっぱいになりながら振り仰ぐと、ちょっと照れたような笑みが返ってきた。

「いや、楽しかったよ。景もやってみる？　今日は花を植えてみようかなって準備しておいたんだよね」

「やってみます」

任せきりはよくないと勇んで頷くと、「じゃあ買ってきたものを片付けてくるね」と遼成は玄関を開けた。

彼はブリなどを冷蔵庫に仕舞ってすぐ出てくるつもりのようだったけれど、外でコロッケとたこ焼きを食べてきたからにはすべきことがある。「さすがは景」と楽しげに瞳をきらめかせている遼成も一緒に手洗い・うがいをしてから歯磨きまですませ、改めてガーデングローブ代わりの軍手をはめて二人で庭に出た。

遼成が準備していたのは寒さに強く、これからの時季にぴったりの葉牡丹《はぼたん》、水仙《すいせん》、パンジーだった。花屋さんでいまからでも植えられる種類を教えてもらって箱買いしてきたとかで、木枠のケースいっぱいにポット入りで並んでいる。

これだけの量、けっこうな額になっただろう。経理を担当する者としてこういう私費の投入は見過ごせない。「精算しましょう」と財布を取りに戻ろうとしたのに、ケースを持ったままの彼に進路を邪魔された。

「いいよ、俺の暇つぶし兼できたばかりの趣味みたいなものだし」

「でも、食費とかも遼成さんが出してくださっているのに……」

「それも俺が家賃代わりに出すって言っただけでしょ。どうしても気になるんならモデル代だと思ってくれたらいいし、モデル代としては高すぎるって思うときはもっと撮らせてくれたらいいよ」

にっこり、さらりと解決されてしまった。反論しようにもさっさと地面にケースを置いてしゃがみこんだ彼に「始めるよ」とスコップを渡されてしまう。

「葉牡丹は日当たりのいいところがいいって花屋さんが言ってたし、この辺かな」

「……そういえば俺、土を本格的に触るのって初めてかもしれません」

「マジで？　子どものころに泥んこ遊びとかしなかった？」

「憶えがないです」

「じゃあ花を植えるのも初めてってことだよね。景の初めてって響き、なんかドキドキするねえ」

ふふっと笑ってそんな冗談を言う彼に、じわりと頬が熱くなる。即座にポケットからデジカメを出した彼が軽く顔をしかめた。

「あ、しまった。軍手してるとカメラが使いにくい」

「……それならぜひずっと軍手をしててください」

「ちょっと意地悪な景も可愛いね」

「……っ」

カシャリ、まんまと四枚め。スコップを片手に景は眉を下げてしまう。

「遼成さん、やっぱりあんまり撮らないでください」

「そんなに嫌……？」

どことなくしょんぼりした表情で顔をのぞきこまれると、すげなく「嫌」とか言えない気分になってしまう。

「嫌というか、あと三枚も撮られると思うと気になるというか……」

「じゃあ残りは景が気にならないように撮るね」

「は」

「撮られること自体が嫌じゃないんだったら、景が気付かないうちに撮るぶんにはかまわないってことでしょ」

「……そうきます？」

にっこりして超理論を展開する彼に唖然とするけれど、これはつまり撮るのを譲る気がないということだ。やさしいくせにいつもするっと一枚上手な彼には、どう頑張っても勝てる気がしない。思わずため息が零れた。

「本当に俺が気付かないうちに撮れるんなら、どうぞ」

「約束ね」

どことなく楽しげな流し目。……なんか、まずいことを了承してしまったかもしれない。

最初のうちは土に触るのもこわごわで石をどかしたときに現れるダンゴ虫たちに固まって

いた景だけれど、遼成と並んで葉牡丹を植えているうちにだんだん慣れてきた。クリーム色から紫、ピンクへと愛らしく色を変化させる小さな白菜のような植物を土の匂いを感じながら手際よく植えられるようになるつれて、自分でも意外なことに楽しくなってくる。

（こういうのも『慣れ』で楽しめるようになるんだ）

新発見。人見知りな景の人付き合いと同じで、最初は「こなす」ことでせいいっぱいでも、慣れてきたら自分に少しずつ余裕ができてようやく楽しめるようになるらしい。他にもこういうことがあるのかもしれない。

葉牡丹の次は水仙の球根を植え、最後にパンジーの苗《なえ》。

パンジーは葉牡丹や水仙に比べて繊細で、軍手ごしに扱うとせっかく伸びた茎を折ってしまいそうだ。遼成は庭仕事の先輩だけあって器用に作業しているけれど、初心者としてはパンジーを傷《いた》めるのが心配で手が遅くなる。

（……素手で植えた方がやりやすいかも）

気付いた景は、軍手を外して直接パンジーのポットから苗を出した。始めたばかりのときはおそるおそるだったのに、慣れたおかげでもう普通に触れる。我ながら大した進歩だ。

軍手をしてない方が作業はしやすかったけれど、冷えやすい手はあっという間に冷たい土に体温を奪われた。だんだん感覚がなくなってくる。

「あれ、景ってば軍手はずしちゃったの？」

「……自分で思う以上に不器用だったので」

「渋いこと言うねえ」

映画の名優のセリフをもじったわけじゃないんだけどな、と思わず笑ってしまいつつかじかむ両手の感覚を取り戻そうとこすりあわせていると、遼成が隣に来て自分の軍手を外した。汚れた両手を温かくて大きな手が包みこむ。

「うわ、氷みたい」

すっぽりと手を重ねた彼が、はあっと息を吹きかけた。温めてくれようとしているのに気付いて一気に心拍数が上がる。

「よ、汚れますよ」

「汚れたら洗えばいいよ」

やわらかく笑っての発言はごくシンプル。だけど、妙に納得してしまった。

汚れたら洗えばいい、本当にただそれだけのことだ。それなのに最初から汚れないように、汚さないようにと神経質になっていた自分を思い知って内心で反省する。

「……俺も遼成さんみたいになりたいです」

「え、景が俺みたいになったらいやだなあ。景は景だからいいのに」

「……っ」

どうして真顔でそんなことを言ってしまえるのか。さらりと心を乱す困った人だ。

最後に水をあげて庭全体を眺めるとだいぶにぎやかになっていて、出来栄えに二人で満足の笑みを交わして家に入った。さっそく手洗い・うがいのために洗面所に向かう。

「素手でやると爪の間に土が入りやすいんだよねー」

そう言う遼成が丁寧に洗っているのは景の手だ。何がどうなったのか、気がついたら背中から抱きこむようにしてハンドソープで手を泡だらけにした遼成に手洗いを手伝われている。

「じ、自分でできますから……っ」

「うん。でも俺がやってあげたいから」

真っ赤になって遠慮してもにっこりして却下される。

ぬるま湯を出した彼が細い指の間に長い指を差しこむようにして泡を洗い流しながら、鏡ごしにいたずらっぽい表情で軽く首をかしげた。

「嫌なら逃げたらいいよ」

……嫌ではない。けど、これはなんだかものすごく恥ずかしい。どう答えたらいいのかわからなくて顔を熱くして眉を下げてしまうと、鏡ごしに見つめる視線からふいに冗談めかしている雰囲気が消えた。遼成が小さく、どこか甘い吐息をつく。

「……ねえ景、なんでそんな困った顔してるの？　すごい可愛いんだけど。……あー、言わない方がいいかもしんないのに、やっぱり黙ってこのままでいるのとか無理だなあ……」

低く呟いた彼がぬるま湯を止めた。困惑している景の体を反転させて向き直らせ、タオルで拭いてくれたと思ったら深いため息をつく。

「……いまから戸惑わせること言っていい？」

いつになく真剣な様子に気圧《けお》されて頷くと、顔を上げた遼成に真っすぐに見つめられた。低くて甘い声が真摯《しんし》に告げる。

「俺、景のことが好きだよ。友達の好きじゃなくて、恋人にしたい方の好き」

誤解しないようにしないと、なんて思う隙もないくらいにクリアでストレートな告白に頭が真っ白になる。

完全フリーズ状態になっていると目の前で手を振られた。

「聞こえてる？」

「聞こえてます……けど」

「けど？　男同士な時点でアウト？」

「い、いえ……っ」

「だよね」

とっさに出た否定を最初からわかっていたかのように、にこりと笑った彼に目を瞬く。

「ていうか、たとえ男が駄目でも俺なら大丈夫って言ってくれそうな気がしてた。だって景、潔癖気味なわりに俺に対してすごいガード甘いよね。しかも同じ楊枝でたこ焼き食べられるようになってたり、手を繋ぐのも全然ＯＫだったり、病室で会ったときより確実に俺に慣れていろんなこと受け入れてくれるようになってるし。これで期待するなっていう方が無理だよねえ」

笑みを含んだ声で楽しげに言われた内容にはコメントのしようがない。おろおろと眼鏡の奥の瞳を揺らしている景の顔をのぞきこんだ遼成が、やさしく、落ち着かせるような声で言う。

「戸惑わせるってわかってたのに、好きって言ってごめんね。でも俺、記憶が戻るか戻らないかわからないんなら、希望的観測にすがって立ち止まっているよりいまの自分で歩きだした方がいいと思ってるんだよね」

どういうことかわからずに眉をひそめてしまうと、くすりと笑った彼がやさしい指先で眉間を撫でてから説明する。

「記憶障害になった場合って、フィクションの世界だと戻ることが多いけど実際は戻らないままの人もけっこういるらしいんだ。記憶が戻るとしても、それが数日以内なのか、数十年後なのかは現代医療をもってしてもわからないし。それなのに『記憶喪失の間にあったことは大抵忘れるから』っていまを仮の人生として誰にも深入りせずに生きて、最終的に一生記憶が戻らないままだったとしたら悲劇だと思わない？」

言われた内容を具体的に想像して、こくりと頷く。深刻な景の表情でちゃんと理解しているのがわかったらしい遼成が続けた。

「記憶が戻ったら全部忘れてしまう可能性があるんなら、景に好きだなんて言わない方がいいのかもしれない。でも俺、すごい景が好きだからこのまま一緒にいてただの同居人のふりとかできないと思う。記憶が戻るのを待ってたら一生言えないかもしれないと思えば、なおさら無理」

言い切った彼が本気なのがだんだん実感できてきて、鼓動が速くなってゆく。声もなく見上げる景を見つめ返して、逵成が低く、真剣な声で言った。

「記憶が戻るか戻らないかは俺にもわからないし、戻らなかったら俺はフォトグラファーじゃなくなるかもしれない。すごく難しいお願いなのはわかってるけど、この先の予想がつかないっていうのも含めたうえで俺に好かれてどう思うか考えてみてくれない？」

「……はい」

ドキドキしながらも頷き、景は自分の身に起きていることが現実とは思えないながらもなんとか落ち着いて考えようとする。

「す、少し待っててくださいね」

「うん」

律儀《りちぎ》にも断りを入れた景に、ふわ、とひどく甘やかな笑みを浮かべて逵成が頷いた。その眼差しにどぎまぎしながらも、妙な真面目さを発揮して景は頭の中を整理しようとする。

（ええと、もともと俺はずっと見てるだけでいいって思いながら逵成さんのことが好きだったんだけど、いまの遼成さんは過去の記憶がなくて……だからといって別人って感じでもなくて……）

はたと彼の真意に気付いた。

仕事や人間関係によって人の生き方は大きく変わる。それらがまっさらになった遼成はこれから別の人生を歩むかもしれなくて、そうなった場合にフォトグラファーだったころの彼と同じなのは持って生まれた身体と魂だけということになる。

（つまり、遼成さんの人間性をどう思うかってことになるんだ）

人なつこくて、おおらかで、なんでもしなやかに楽しめるひと。景の神経質なところにさえ美点を見つけてくれて、同時にこっちが困らないように濃《こま》やかに気遣ってくれる。仕事上の付き合いだけでもそういう姿に気付いていたけれど、記憶を失った遼成と同居するようになってからははっきりと実感するようになった。

（……なんだ、考えるまでもなかったんだ）

ふ、と無意識に唇がほころぶ。

彼のことが好きだ。他に比べようがないくらいに。記憶があってもなくても、自分は久瀬遼成という人にどうしても惹かれてしまう。

自分の気持ちに確信を得て目を上げると、表情を見守っていたらしい遼成と視線が合って心臓が跳ねた。

「俺に好きだって言われるの、どう思った？」

「うれしい……です」

「よかった」

にっこり、うれしそうに彼が笑う。

「じゃあどこまでなら俺を受け入れられそう？　普通よりちょっと仲がいい友達？　俺としてはがっつり恋人希望なんだけど」

鼓動が一気に速くなる。ディープキスさえまともにできない自分は、おそらく彼が望むようなちゃんとした恋人にはなれない。それに記憶が戻ることがあったら、遼成は景を好きだったことなんかきっと忘れてしまう。

友達以上、恋人未満の関係がきっと正解。……でも。

何の努力もしないで遼成を最初からあきらめるなんて、どうしてもできなかった。

恋人らしい触れ合いができなくてフラれてしまう日がきてもいい。

記憶が戻って景が恋人だったのを忘れてしまう日がくるとしても、それでもいい。

ずっと好きだったひとの恋人になれるのなら、このチャンスを掴んでみたい。

恋愛を早々にあきらめ、ひそかな片想いで満足して淡々と生きてきた自分にこんな欲があったなんて知らなかった。

深呼吸をしてから、景は震えそうな唇を開く。

「……たぶん、恋人……です」

　緊張の滲む声で小さく答えると、ふわりととろけるように遼成が笑み崩れた。もう本当に彼のこういう笑顔は心臓に悪い。一緒にいるだけで早死にしてしまいそうな気がする。

「ありがとう、景」

「お、お礼を言われるようなことでは……」

「だっていまの俺を受け入れてくれるのって、すごく勇気がいることだよね」

　まぶしいような気がして伏せていた瞳を向けると、あたたかく、愛《いと》おしげな眼差しにぶつかって胸が甘く締めつけられる。

「景が俺との未来を受け入れてくれたの、本当にうれしい。絶対大事にする。だから景のこと、本気で俺の恋人にするよ」

「…………はい」

　じわじわと顔が熱くなってくるのを感じながらも思いきって頷くと、うれしそうな笑みを湛《たた》えた低くて甘い声が鼓膜を震わせた。

「じゃあ景はいまから俺の恋人だよ」

　軽やかな宣言に大きく心臓が跳ね上がる。信じられないくらい簡単に、ずっと心ひそかに想っていた相手が恋人になってしまった。

　とはいえ、本当の意味で『恋人』になるのは景にはいろいろと難しい。やたらと速い鼓動を深呼吸で落ち着かせようとしつつ、おずおずと口を開いた。

「あの、遼成さんに言っておきたいことがあるのですが……」

「ん？」

「その……俺、男の人とお付き合いするのは初めてで……」

「うん、わかってるよ。ていうか景、ちょっと潔癖なんだったらほとんど全部初めてだよね？」

「！」

伝えるまでもなく、とっくにわかっていたらしい。思わず眉を下げた表情で返事がわかったらしく、やわらかく幸せそうな笑みを見せた遼成が続ける。

「綺麗好きの景を恋人にするんならプラトニックな方がいいのかもしんないけど、俺はやっぱり好きな子には触りたいし、いろいろしたいなあって思ってるんだよね。どうしても無理なら我慢するけど、少しずつ試すのはアリでいい？」

「も、もちろんです。俺もそうお願いするつもりでしたし……」

「そっか、景も頑張ってくれる気だったんだねえ」

うれしそうな彼に照れくさくなってうつむいてしまう。

「焦らないように気をつけるけど、付いてくるのが大変だったり、嫌だなって感じたりするときは遠慮しないでちゃんと言ってね」

「……はい」

自分の意向を伝えながらもこっちの気持ちも気遣ってくれる彼に胸があたたかくなった。遼成なら、もし景がどうしても『恋人らしい触れ合い』ができなかったとしても怒ったり気まずくなったりはしないだろう。

染まった頰を隠すようにうつむいた景をじっと見ていた遼成が、やさしい声で聞いてきた。

「さっそくで悪いんだけど、抱きしめていい……？」

「ど、どうぞ」

心臓を跳ねさせながらも了承すると、ふわりと体に長い両腕が回る。触れるか触れないかくらいのゆるいハグ。それが少しずつ、ゆっくりと景を彼に引き寄せてゆく。

（気遣って、くれてるんだ……）

いつでも景が逃げ出せるように。これ以上は無理だと合図したら距離をキープしてくれるつもりで。こんな風にされたら安心してしまう。彼なら大丈夫だと思えばこそ逃げたいという気も起きない。

景は目を閉じて、しっかりした広い肩に自分からそっと頰をつけた。頭上で小さく息を吞んだ気配がしてから、褒めるようにやさしい手で髪を撫でてくれた遼成が長身でゆったりと包みこむように細い体を抱きしめる。

服の布地ごしでも感じられる体温、逞《たくま》しい体の感触。温かな腕の中はすごく心地いいのに緊張するという不思議な空間だった。

「……ハグだけなのに、なんかすごいドキドキするね」

ゆるやかに髪を撫でてくれながらの呟きに、景は小さく頷く。

「たぶん、俺の方がドキドキしてます」

「ん？」

「自分の心臓の音がすごすぎて、遼成さんのまで聞こえないです」

「ちょ……っなにそれやばい、ものすごい可愛い」

抱きしめる腕が強くなってぴったりと体が密着する。でも、ぜんぜん嫌じゃない。ますます鼓動が速くなる。

髪からするりと手をすべらせた彼が、薄紅に染まった耳に触れた。

「景の肌、いい色に染まってそうだねえ。顔上げて見せてくれる……？」

「……嫌です」

「お願い」

甘い、甘い囁《ささや》き。こんな声に逆らえる人なんているわけがない。きっと酔っぱらったみたいに染まっているだろうなと思いつつも、仕方なく顔を上げる。

やわらかな笑みを湛えた瞳で見つめた彼が、うっとりと吐息をついた。

「綺麗で、色っぽい」

するりと頬を撫でられる。

「どうしよう、キスしたいなあ……」

じっと見つめての吐息混じりの呟きに、心臓が跳ねる。

「いや？　景がいやならしない」

にこ、と微笑む遼成は、遠慮なく断っても大丈夫だよ、とやさしい表情で伝えてくる。

少しためらってから、しらけさせてしまうかも、と思いつつも景はどうしても譲れないことを小さな声で囁いた。

「……先に、うがいを」

「うがいだけでいいの？　もう一回歯も磨いとく？」

すぐに腕をほどいた彼にどこかはりきった様子で聞かれて、ほっとすると同時に少し不思議な気分になる。

「遼成さん、俺に呆れたりしないんですね」

「ん？　呆れるってなんで？」

「いい雰囲気とか、流れとか、そういうのをぶち壊してしまうのに……」

「だーいじょうぶ、俺、そんなに簡単に萎《な》えないから」

「な……っ」

かあっと赤くなった景に、広い肩越しにいたずらっぽいウインクがきた。

「綺麗好きな景にとってこういう触れ合いが苦手なのは想像がつくし、それでも欲しがる俺のために譲ってくれてるのがわかるのに呆れるわけないでしょ。むしろ苦手なのに受け入れようとしてくれてありがとう、だよ」

軽やかな口調に紛れさせていても、遼成の気遣いはいつも濃やかであたたかい。そんな人を好きにならずにいられるわけがないよなあ、とうがいをしているスタイル抜群の背中を見ながらしみじみと思う。

うがいだけでなく歯磨き、さらにはマウスウォッシュまで二人ともすませてから改めて向き合った。

「いざ、って感じが新鮮だなあ」

「すみません……」

自分が神経質なばっかりに、と申し訳ない気持ちで眉を下げると、くすりと笑った遼成が軽く首をかしげた。

「俺は全然気にしてないのにどうして謝るの？　次に謝ったらキスで口をふさいじゃうよ」

「……！」

目を丸くして見上げると、楽しげに瞳をきらめかせた彼が景の頰を手のひらで包む。

「ま、謝らなくてもキスするけど」

呟いて美貌を寄せてきた。慌ててぎゅっと目を閉じると、ふ、と彼が笑った気配がした。

「そんなに身構えなくていいよ。いきなりがっついたりしないから」

する、と指先で眉間を撫でられたのが目を閉じていてもわかる。意識して眉間をほどくと、褒めるように額に軽くキスをしてから眼鏡をはずされた。準備万端にされたことにじわりと頬が熱くなる。

「いやだったら、押しのけていいからね」

やさしい低い声の囁きが口許にかかった。

緊張しながら待っていると、ふわりと唇の端にごく軽く何かが触れた。びくりと肩を震わせたものの動かずにいれば、今度は反対側の端に軽く触れる。予測していたおかげでびくりとせずにすんだ。続けて真ん中にも軽く触れたけれど、もう大丈夫。羽根のように軽い触れ方はくすぐったいだけで、吐息がなければキスという感じすらしない。

もう一度中央を軽く触れ合わせてから、今度はゆっくりと全体を重ねられた。さっきよりしっかり重なった薄い皮膚に一気に鼓動が速くなる。

でも、嫌じゃない。

ドキドキしながらも動かずにいると、遼成が頬を包みこんでいた大きな手を後頭部に移動させた。頭を支えられて首が楽になったところで、重なり方を軽くした彼がゆっくりと焦《じ》らすように表面をこすりあわせる。

「……っ」

薄い皮膚はひどく感じやすいらしく、ざわっと背筋に慣れない甘い痺《しび》れが渡って思わず唇

が少し開いてしまった。だからといってすぐにキスを深めたりしないで、遼成は景の下唇を唇で挟みこんで軽く吸った。またぞくりと体の内側が痺れる。

遼成のキスは彼そのものだった。軽いようで、とても色っぽい。

こっちに警戒を抱かせるような性急さは微塵《みじん》もないのに、やさしく吸って、やわらかく舐《な》めて、甘く噛《か》んで……と丁寧に心地よく彼に馴染まされているうちに、どんどん胸が苦しくなって感度が上がってゆく。

は……と熱を帯びた吐息を漏らす景の唇の隙間を、するりと彼が舐めた。ぞくぞくするけれど抵抗感はまったく感じない。もう一度濡《ぬ》れた唇の間にゆっくりと舌をすべらせた遼成が、何か確信できたのか少し顔を上げた。

「景、もう少し口、ひらける……？」

潤んだ瞳をうすく開けた景は、熱っぽい視線にくらくらするような気分で頷き、言われた通りにかすかな唇の隙間をもう少し大きくする。

目許で笑んだ彼が後頭部に回した手で褒めるようにくしゃりと撫でて、瞳を伏せた。深く、唇が重なる。

キスを深くするのを受け入れる意思を見せたからといって、遼成はここぞとばかりに押し入ってきたりはしなかった。唇のやわらかく濡れた内側の粘膜を舌先でゆるりとなぞって、それから意外と敏感な歯の根元を舐める。それでも抵抗しない景を確認してから、ゆっくりと深くまで入ってきた。いつでも景が逃げられるように、止められるようにと気遣っているのが伝わってくるような、やさしい侵入。

深いキスはミントの味と香りがする。歯磨き粉とマウスウォッシュの混ざり合ったものだ。人工的な清潔感、それが景にとってはありがたい。きっちり殺菌されていると思えばこそ口内細菌の嫌なイメージが霧散してくれる。

いつになく心置きなくキスを味わっているうちに、自分からするキスと人からされるキスが全然違うことを景は知る。思いがけないところでぞくぞくしてしまうし、快感が思考を麻《ま》痺《ひ》させてまともに考えていられなくなるのだ。戸惑っても、何に戸惑っていたのかすぐにわからなくなってしまう。

重なる唇の角度が変わるたびに濡れた音がたつくらい、たっぷりと混じり合った。

（あ、どうしよう……、口の中、もういっぱいだ……）

理性がとけかけていても、二人ぶんの唾液を飲みこむのは景にはハードルが高い。いつの間にか抱きしめていた遼成の背中に回していた手の力が戸惑いに弱くなると、我に返りかけていることに気付いたらしい彼が唇の重なり方を深くした。それから、強く吸い上げる。

「ん、ん……っ？」

愛撫《あいぶ》とは違う吸引に戸惑っていると、唇を離した遼成がごくりと喉仏を上下させる。それから、息を乱している景の唇を仕上げのように舐めた。

ぞくぞくしながらも、景は上がった息の合間に声を出す。

「遼成さん、いまの……？」

「うん、景は飲めないいっぽかったから俺が全部もらいました。ごちそうさま」

笑みを含んだ声で答えて、遼成は色っぽく自分の唇も舐める。やっぱり景が混じり合った唾液を嚥下できずにいるのに気付いて引き受けてくれたのだ。

「すみま……っん」

謝りかけるなり唇を奪われて、大きく目を瞬く。すぐに唇を離した彼がにっこりして首をかしげた。

「次に謝ったらキスでふさぐって言ったでしょ」

「……本気だったんですか」

「半分冗談だったけど、いっぱいキスできそうだから本気ってことにする」

しれっとそんなことを言う彼には呆れるべきなのか、困るべきなのか。すぐに返事をできずにいると、ハグをゆるめた彼がすっかり上気してしまった顔に眼鏡を戻してくれた。

クリアな視界に映る美貌があまりにもうれしそうで、ぶわ、とさらに顔が染まるなり遼成がうっとりと吐息をつく。

「すっごい可愛い……。大好きだよ、景」

「……っ」

どうしてこの人はがっつり目を見て、こんなに甘い声でストレートな告白ができてしまうのか。照れくささに瞳を伏せると、やさしい両手で頬を包むようにして顔を上げさせられた。視線を逃がすのを許してくれない彼に目を瞬かせる景に、まばゆいような笑顔で遼成が聞いてくる。

「景は？」

「え……」

「返事」

端的ながらも要求されている内容に気付いて、鼓動が速くなる。そういえばこっちはまだ彼への気持ちをはっきりと言葉にしていなかった。「好かれてうれしい」「たぶん恋人として受け入れられる」と表明しただけ。だからこそ言葉を求められているのだ。

「お……俺も、好きです……」

恥ずかしさをこらえて口にしたのに、遼成は楽しげに瞳をきらめかせて首をかしげる。

「誰を？」

「……わかってるのに、言わせるんですか」

「うん。聞かせて？」

「…………遼成さん」

「を？」

「……っ好きです！」

半《なか》ばやけになって答えると、ふわりと美貌がうれしそうな甘い笑みにとけた。もう本当に天然タラシの甘え方はたちが悪くて困る。告白の引き出され方が恥ずかしすぎて涙目になってしまったのにもかかわらず、彼のこの笑顔だけでこっちまで幸せな気分になってしまうのだから。

「あーもう、ほんと可愛い。ほんとに大好き。景、ありがとう」

ぎゅっと抱きしめられた景はどういう顔をしたらいいのかわからない。ずれてしまった眼鏡を直しつつ、とりあえずふさわしそうなフレーズを口にした。

「どう、いたしまして……？」

景を抱いたまま遼成が笑う。楽しそうで幸せそうな笑い声、ぴったり密着した体が一緒になって揺れる感覚。気付かないうちに景の唇もほころぶ。

「ゆっくり恋人になっていこうね、景」

髪を撫でてくれながらの囁きは、初めて会ったときの彼とよく似ている。記憶があってもなくても彼は変わらない。

おおらかで、やさしくて、あたたかい。

「……はい。よろしくお願いします」

じんわりと胸が熱くなるのを感じながら、景はこくりと頷いた。

【5】

「えのちゃん、好きな人でもできた？」

突然ふられた話題に目を瞬《しばたた》いて、景《けい》は入力中のパソコンから声の主へと視線を移す。

事務所の給湯コーナーでココアを作っているのは、さっき「どっちがいいと思う？」とツーパターンの広告デザインを持って事務所にアンケートをとりに来たグラフィックデザイナーの希理《きり》だ。ついでに休憩することにしたらしい。

「……なぜですか」

「なんか雰囲気変わった気がする。前よりやわらかくなったっていうか、表情が増えた？」

「ああ、希理くんもそう思います？　実は私も同じように感じてたんですよねぇ」

おっとり彼に同意したのはかの子さんだ。

自覚はなかったものの、心当たりがないわけではない。

よく笑い、よく景を笑わせる『恋人』――遼成《りょうせい》のせいだ。

彼と暮らしていることで景は一人暮らしのときよりずっとたくさん話しているし、たくさんの感情に振り回されている。笑うのがいちばん多いけど、困ったり、照れたり、戸惑ったり、叱《しか》ったりと毎日忙しい。感情にリンクした表情を自然に引き出される回数が増えたことで、普段の表情筋にも影響が出ているのかもしれない。

「で、実際のところどうなんです？」

のほほんとした口調とはうらはらにかの子さんはつぶらな瞳《ひとみ》をきらきらさせている。さすがは永遠の十七歳、恋バナが好きらしい。思わず笑ってしまいそうになったものの、「実際のところ」を正直に答える難しさに気付いて複雑な困り顔になった。

好きな人はいる。恋人でもある。そしてその人はかの子さんたちもよく知っている人だ。

ただ、彼の方にかの子さんたちの記憶がない。

いろいろなことを一瞬で考えた結果、景は最も無難《ぶなん》と思われる答えを口にした。

「秘密です」

「おおおっ、これはいるね、絶対何かあったよね、かの子さん！」

「間違いないですねえ、希理くん！」

無難なつもりだったのになぜか二人は完全に確信を持ってしまった。不思議さに眉根《まゆね》を寄せる景にかまわず、希理が楽しげに聞いてくる。

「クリスマスとかどうすんの？　やっぱデート？　プレゼントは用意した？」

「…………。」

下手なことを言えばすぐにバレると思って無言を貫いたのに、希理とかの子さんが顔を見合わせる。

「黙ってるってことは何かするってことだよね、かの子さん！」

「きっとそうですよ、希理くん！」

いったいどうしてそういう判断になるのか。ますます眉根が寄るけれど、ふいに眉間《みけん》を撫《な》でる恋人のやさしい指の感触を思い出して意識して開いた。

とりあえず、二人の意見は正しい。男同士だからデートは考えていないものの、景は恋人へのクリスマスプレゼントをこっそり探している。

なかなかこれといったものが見つけらずにいるけれど、好きな人に喜んでもらえそうなもの、自分の気持ちをこめてあげたいものを会社帰りに探すのは思っていた以上に楽しい。華やかなイルミネーションに彩られている街をこんなに身近に感じたのは初めてだ。

「なんか幸せそうな顔してるー」と興味津々《しんしん》な二人にツッコミを受けてしまうくらいに顔がゆるんでしまうのは我ながら困ったものだけれど、今日もプレゼントを探してから帰宅する予定だ。恋人に心配をかけないように帰宅時間の予告にもこっそり含めてある。

クリスマスイブまであと一週間、そろそろいいプレゼントを見つけたいなと思いつつ景は残業しなくていいように再び入力作業に集中した。

「……うわ、寒いと思ったら雪だ」

自宅の最寄《もよ》り駅に着いた景は、眼鏡の奥の瞳を丸くして空を見上げる。

夜空からひらめきながら落ちてくるのは粉雪だ。駅や街灯、車のヘッドライトの明かりを受けてきらめいてはアスファルトに黒く溶けてゆく。

「電車が遅れなくてよかった……」

見ているぶんには綺麗《きれい》で冬らしさを感じられていいものの、交通機関は降雪に弱い。電車の運行に影響が出るほど降ってなくてよかったな、とほっとしつつ駅から頬《ほお》がぴりぴりするような寒風と雪の中に足を踏み出した。

今日はとうとうプレゼントにしたいものを見つけることができた。買って帰ると敏《さと》い恋人に気付かれそうだから、予約だけ入れて明日の昼休憩の間に購入予定。会社のロッカーで保管するのだ。

(サプライズプレゼントするのなんて初めてだ)

恋人の喜ぶ姿を想像するだけで唇がほころぶ。

ロータリーを出て少し行ったところで、向こうから歩いてくる背の高い男性に目を引かれた。雪混じりの風をよけるようにうつむき加減で黒い傘をさしているから顔は見えないけれど、ものすごくスタイルがいい。

横断歩道の向こう側で彼がふと顔を上げた。

「景」

この距離では聞こえるはずもないのに、ふわりと端整な唇から白い煙のような吐息が零《こぼ》れたときに低くて甘い声が耳に響いた気がした。心臓が大きく跳ねる。

青になった信号を駆け足で渡ると、待っていた遼成がにっこりして傘に入れてくれた。

「おかえり。今夜の晩酌《ばんしゃく》のお供にどうしてもたこ焼きが食べたい気分になって出てきたんだけど、タイミング最高だったね」

「たこ焼き屋さんはもっと向こう側だと思いますが……」

言いかけて、はっとする。遼成のことだから雪が降ってきたのに気付いて、傘を持たずに出勤した景を迎えにきてくれたのに違いない。

ただ、それにしては疑問なことがある。

「傘、一本だけなんですか……？」

並んで歩きながら戸惑いを浮かべた瞳で長身を見上げると、にこりと笑って頷《うなず》かれた。

「うん。たこ焼き買いに出たついでだったし」

あまりにもあっさりした肯定《こうてい》に本当に買い物のついでだったのかと信じかけたところで、遼成がいたずらっぽく言い足した。

「ってことにしときたいんだよね。本当は景と相合傘したかったからなんて言えないし」

「……言ってるじゃないですか」

目を丸くしてから噴き出すと、例によってカシャリとシャッター音。ただでさえ男同士で一つの傘を使っているなんて目立ちそうなのに、写真まで撮っていたらあやしすぎる。思わず咎《とが》める口調になった。

「人に見られますよ」

「景の顔は眼鏡とマスクでほとんど見えないから大丈夫じゃない？　俺は気にしないし。ていうか、みんなそんなに周りを気にして見てないよ。スマホ見てるか目的地に急いでいる人がほとんどでしょ」

周りを見てみたら確かにその通り。でもなんか落ち着かないんだけどな……と眉間を寄せる景にゆったり笑って、遼成が片手で自分のマフラーを外した。

「そんなに気になるなら隠してあげる」

「え……？」

「ちょっと傘持ってて」

戸惑いながらも受け取るなり、マフラーを広げた遼成が景の頭にかぶせるようにしてからあごの下でクロスさせ、マフラーの両端を背中に回した。

「おおっ、景ってこういうのも似合うね」

満足げに呟《つぶや》くなりまた写真を撮られてしまった。まったくもってマイペースな人だ、とちょっと呆《あき》れながらも半分あきらめモード。

「似合うもなにも、眼鏡とマスクにこれではあやしいだけだと思いますが」

「あやしいのも魅力的だしフォルムが超可愛い」

にっこりして褒め殺された。喜んでいいのかわからないけれど景の顔を隠すためにしてくれたのだろうし、耳や頭が温かいし、遼成が満足げだからこれはこれでいいかなという気分になる。でも、そんな気分は一瞬だった。

ぴゅうと氷のような風が吹くのと同時に彼が広い肩をすくめたのに気付いて、慌てて景は恋人のマフラーを外した。

「お返しします」

「いいよ、せっかく似合ってるし」

「駄目です、遼成さんが風邪をひいてしまいます。ちょっとかがんでください」

「……巻いてくれるの？　んー、その誘惑はちょっとずるいなあ」

「何言ってるんですか」

誘惑という単語のセレクトに怪訝《けげん》な顔になったものの、素直に足を止めてかがんでくれたので傘を渡してから恋人にマフラーを巻く。これでよし、と彼の首元の保温状態に満足して顔をほころばせて頷くと、身を起こした遼成がひどく甘やかに笑んだ。

「景のそういうとこ、すごく好きだよ」

「っなんですか急に……！」

「言いたくなったから。ついでに言うと軽いのでいいからいますぐキスしたい」

「……っ」

「でもいまは駄目だよね。うちに帰ってうがいをしたら許してくれる？」

マフラーのせいでくしゃくしゃになった髪を指先で整えてくれながらの、やんわりとしたおねだり。少し瞳が泳いだものの、じっと見つめてくる彼に負けた。

「……うがいをしたら、ですよ」

「じゃあたこ焼き買って早く帰ろう」

「たこ焼き、口実かと思ってました」

「うん。でも本当に食べたくなってきたから。七味マヨでおつまみにしようよ」

どこまでもマイペースだけれど、巻きこまれるのが意外なくらい楽しいという不思議。

以前遼成に教えてもらった店で六個入りのミニパックを買って、ぬくぬくのたこ焼きパックで二人で交互に暖をとりながら帰宅した。

いつものようにきっちりハンドソープで手を洗い、うがい薬を落とした水でうがいを済ませたところで遼成が瞳をきらめかせて両腕を広げた。

「では、こちらへどうぞ」

約十分後。

「……軽いのじゃなかったんですか」

乱れた吐息混じりの景の言葉に、色っぽく唇を舐《な》めた遼成がにっこりして首をかしげる。

「そんなこと言った？　すぐにするなら軽いのでもいいと言ったとは思うけど」

「……！」

目を丸くする景に仕上げのように素早くキスをして、「続きはお風呂上がりにね」と耳元に囁《ささや》いた彼が楽しげに台所に向かう。

甘く低い声を吹きこまれた耳がじんじんするみたいで片手で押さえた景は、鏡に映る染まった顔に気付いてため息をついた。

「……遼成さんって、すごくやさしいくせにいたずらっこなのが困る……」

煽《あお》るだけ煽っておいておあずけにするとか、なんてことをしてくれるんだろう。

遼成と恋人になって一週間。潔癖気味の景を遠慮させないように冗談めかしながらも、彼はとても大切に気遣ってくれている。気遣いながらも着々と「恋人らしい触れ合い」に景を慣らしていっているのが侮《あなど》れない。

（しかもあれ、本人無自覚みたいだし……）

「ゆっくり恋人になっていこうね」と言ってくれた遼成は、決して景に無理強いをしないしがっついてもこない。ただ低くて甘い声とやさしい愛撫《あいぶ》でやんわりと搦《から》め捕《と》って、抵抗できずにいる間に何気なく一歩進んでしまうのだ。

あんなに苦手だったディープキスができるようになった。しかも深いキスを嫌だと思うどころか、艶《なま》めかしく混じり合う感覚をいつの間にか好きになっていた。互いの混じり合った唾液《だえき》を飲むのはまだ苦手だけれど、少しなら気にならなくなってきている。

進歩したのはキスだけじゃない。

（遼成さんの手で、ああいうとこ触られて出しちゃうとか……）

ううう、とそのときのことを思い出してますます顔を赤くした景はずるずると洗面所の床に座りこむ。

恋人になった次の日に「お風呂上がりなら平気かな？」と『お試し』ということで軽く素肌に触れられ、それから毎日少しずつ触れる範囲が広がっていって――とうとうゆうべ、深いキスとやさしい手の愛撫で熱を溜《た》めてしまった場所を彼の手で直接触られてしまった。

かつての自分からしてみたら信じられないようなスピードで進展しているのに、恥ずかしさはあっても不思議なくらい戸惑いや不安がない。

たぶん、遼成が遼成だからだ。

記憶を失う前の彼に一年かけてゆっくりと慣れ、好きだと自覚できるほどになっていた。記憶を失ったあとの彼も変わらなくて、その本質により身近で触れることができて改めて好きだと確信した。

好きな相手が、潔癖気味で神経質な自分のことを面倒くさがることなく、キスをするときは歯を磨いてうがいをしてからとか、素肌に触れるときはお風呂に入ってからとか、きっちり気遣ったうえで欲しがってくれるのだ。照れくさいけれどうれしいし、彼の人となりを信じているからこそ怖がらずに恋人としての関係を深めてゆけるのだと思う。

（あと、遼成さんの触り方がずるいんだよなあ……。いや、ずるいって言ったら違うのかもしれないんだけど）

両手で染まった顔を覆ってため息をついてしまう。どう言ったらいいのかわからないけれど、とにかく恋人は景から抵抗や戸惑いをやんわりと奪い去ってしまうのだ。

愛《いと》しいから触れていたいんだよ、というような手と唇は、どこまでも甘い。やさしくて、心地よくて、逃げたくなるどころかもっと触れていてほしくなる。そうして少しずつゆるゆるとほどかれるように、景の体は彼に愛されたがっている場所を暴かれてゆくのだ。

（なんかもう、このままだと……）

「景、どうしたの？　気分悪い？」

突然響いた低い声にぱっと顔を上げると、おたまを手にした遼成が心配そうに洗面所のドアのところからのぞきこんでいた。

「だ、大丈夫です」

慌てて立ち上がって出て行くと、じっとこっちを見ていた彼がいたずらっぽく笑う。

「まさか俺のキスで立てなくなっちゃってたとはね」

「……っ違います。少し考え事をしていただけです」

「あんなに色っぽい顔で？」

「色っぽくなんかないです」

早足で台所に向かうのに、するりと腰に回ってきた手に捕まってしまった。耳元に低くて甘い声が囁く。

「色っぽかったよ。あとでまた見せて？」

「〜〜〜〜っごはん！　今夜は何ですか」

「景、けっこう俺のことあしらえるようになったのにこういうのはぐらかし方はまだ下手だよねえ。かーわいい」

「……っ」

じわりと染まった頬を愛おしげに撫でたもののそれ以上はからかうことなく、遼成は夕飯の支度がすでに整っている居間へと景をいざなう。駅に迎えにくる前に準備は終わっていたらしい。

「最近鍋が続いてるから迷ったんだけど、今日は寒いから」

コタツの中央、とろ火の卓上コンロの上で煮えているのは牡蠣《かき》と豆腐と野菜がたっぷりのキムチ鍋だ。ビール缶と七味マヨを添えたたこ焼きも並んでいる。

「寒い日の辛い鍋って最高ですよね」

「ね」

にっこりした遼成が小鉢に取り分けてくれる。いまはもう取り分け用の菜箸《さいばし》じゃなくて普通に彼が使っているお箸だ。それくらいは全然気にならなくなった。

赤いと思っていたのに、小鉢の中のスープは白濁した不思議な色をしていた。

「スープに何か入ってるんですか？」

「豆乳。商店街の豆腐屋のおばちゃんがまろやかになっておススメだって言ってたからやってみたんだ。景、辛すぎるのは苦手でしょ」

「……ありがとうございます」

「うん」

にこ、と笑う彼は本当に何気ない顔をして観察眼がすごい。これまで景はせっかく作ってもらったのだから、と遼成の出してくれる食事に注文をつけたことなんてなかった。実際どれも美味《おい》しかったし、辛くても食べられなくはないし。ただ根っからの甘党ゆえか、美味しく食べられる辛さの閾値《いきち》が人より低いのだ。

胸の中があたたかくなるのを覚えながら熱々の白菜に息を吹きかけた瞬間、待っていたかのようにカシャリとシャッター音。いい加減に慣れてしまったのでツッコミは入れないけれど、眼鏡がくもった姿を撮ったに違いない。

ため息をつきつつ眼鏡をはずして拭《ふ》いていると、何がいいのかそんな姿にまでシャッターをきった彼が聞いてきた。

「そういえば景、もうすぐクリスマスだけど何かリクエストある？」

「リクエスト……？」

「うん。どんなことでも恋人として全力で応えさせてもらうよ？」

ウインクしての言葉は実にストレートだ。眼鏡を戻した景は、こっそり準備しようとしていた自分との違いに思わず笑ってしまう。

「俺もプレゼントは何がいいか考えていましたけど、遼成さんには直接聞いた方がいいみたいですね」

「え、景も考えてくれてたんだ？　それはそれですっごい楽しみだから俺のリクエストは聞かなくていいよ。でも景の希望は教えて？」

「なんですかそれ」

笑ってしまうのに彼はどうやら本気で知りたいらしい。「特にないです」と答えても、具体的に希望を聞き出そうとしてくる。

「スタンダードにクリスマスデートっぽいのとかしてみる？　夜景の見えるレストランでディナーみたいな」

「男同士でそれは目立つと思います」

「俺は気にならないけど、やっぱり景は気になっちゃうか」

「……すみません」

瞳を伏せて謝ると彼が淡く苦笑した。

「そういうのが気になる、気にならないは個人の感覚だし、俺が大雑把《おおざっぱ》なだけだからべつに謝らなくてもいいんだよ」

「……………すみません」

重ねると、くすりと笑った遼成が「ドゥエ」と呟いた。きょとんと目を瞬く景に指を二本立ててピースして見せ、意味ありげににっこりする。

「……！」

うっかりしていたけれど、「謝らなくてもいいのに謝ったらキスする」というのを彼は実行している。口内の衛生環境が整ってからじゃないと景が受け入れられないからその場でしない代わりに、カウント制になったのだ。ちなみにDue《ドゥエ》はイタリア語の二。

「トレになったら景が恥ずかしがるところにキスするから」

「……っもう言いません」

「うん、がんばって」

軽やかに応援されたけれどこれは崖《がけ》っぷちだ。Tre《トレ》は確か三、あと一回うっかり謝ったらたぶん胸にキスされる羽目になる。男なのにそんなところで気持ちよくなるのはなんだか恥ずかしいのに、耐えきれずに善《よ》がってしまう景の姿が彼はお気に入りらしいのだ。

発言に気をつけつつまろやかな辛さのチゲを堪能《たんのう》していると、景の小鉢に何気なく牡蠣やよく煮えたネギを足してくれながら遼成がイブの予定をまとめた。

「とりあえず、外デートが気になるならクリスマスもおうちディナーだね。食べたいものがあったら何でも言って？　俺、レシピさえあれば大抵のものは作れると思うし」

「それもすごいですね」

「味の保証はしないけど」

にやりと笑っての切り返しに噴き出してしまいつつ、少し考えてから景は答える。

「鍋がいいです。何味でもいいので」

「クリスマスなのに？」

こくりと頷くと遼成が気遣う表情になった。

「もしかして俺に遠慮してる？　鍋が簡単だろうな、とか」

「いえ。本当に鍋がいいんです。遼成さんと一緒に食べる鍋がなんか好きなんです」

「……ん、そっか」

ふわ、と微笑《ほほえ》んで頷いた彼が重ねて聞いてきた。

「で、プレゼントは何がいい？」

「もう言いましたけど……？」

クリスマスディナーの鍋がプレゼントのつもりだった景がきょとんとすると、遼成がおもしろそうに眉を上げる。

「鍋ディナーはプレゼントにならないよ、いつも通りじゃない」

「でも俺としては、遼成さんと一緒に過ごせるだけでいいですし……」

深く考えもせずに本心を零すなり、彼が笑み崩れた。

「うわーあ、どうしよう。景が可愛すぎて俺もうどうにかなりそう」

「……っ何言って……！」

「景、潔癖気味でよかったねえ。そうじゃなかったらいますぐ俺にいろいろされちゃって、のんびりチゲとか食べていられなかったよ？」

「っ遼成さん……！」

赤くなって叱る口調で呼んでも彼は楽しそうに笑っているだけだ。冗談にしてもきわどくて困ってしまう。

シメをチーズ入りキムチリゾットにするころ、焦げないように鍋の中身をかき混ぜながら遼成が改めて聞いてきた。

「景、本当にクリスマスに欲しいものはないの？」

「はい」

「俺さえいたらいいの？」

「……っ」

楽しげな甘い声にはどう答えるべきか。正直に「そうです」と答えたらまたきわどい冗談を言われる気がするし、かといって「違います」には「じゃあ欲しいものを言って」と返されそうだ。というか、たぶん欲しいものを白状させたくてこうきたに違いない。

返事に窮して思わず眉間を寄せてしまうと、ふ、と甘やかに瞳をやわらげた逵成に眉間をやさしく撫でられた。

「俺としてはどっちで答えてもらってもよかったのに、真面目な景が相手だと困らせちゃうのかあ。仕方がないからプレゼントはあきらめて、俺のありあまる愛情は鍋にたっぷり入れとくね」

「……よろしくお願いします」

照れくさい気持ちになりながらもぺこりと頭を下げると、「ここですみませんって言ってくれたら今夜がもっと楽しくなったのになあ」なんていたずらっぽい口調で思惑《おもわく》を明かされて、また赤面してしまうところだった。

クリスマスイブ当日、景は仕事を定時であがって会社のロッカーで保管しておいたプレゼントと共に帰宅した。

準備万端のディナーはリクエスト通りに鍋。土鍋いっぱいに白菜と豚肉と肉団子を中央から外へと重ねて煮込む白菜の花鍋、通称ミルフィーユ鍋だ。シンプルな材料なのに美味しくて、景のお気に入り。商店街のケーキ屋さんで買ってきたというブッシュ・ド・ノエルもある。

「あ、シャンパングラスが出てますね。今日はビールじゃないんですか」

「せっかくクリスマスだからね。景がワインより日本酒の方が好きって言ってたからちょっといいもの用意しといたよ」

「楽しみです」

いそいそとプレゼントの紙袋を部屋の隅に置こうとした景は、そこに先に飾られていたものに目を瞬いた。

「遼成さん、これ……」

「ツリーの代わり。ちょっと可愛くない？」

ことこと煮えている鍋を取り分けていた彼がいたずらっぽくにやりと笑う。

飾られていたのは、なんと盆栽の黒松。

濃い緑色の葉をふんわりと覆うのは雪に見立てた白いコットン、その上にオーナメント代わりに色とりどりの金平糖が散りばめられている。浜辺の松の上に雪と星が降ってきたようなオリジナルツリーはまさに和洋折衷、オブジェとしておもしろい。

以前オーストラリアのクリスマスの話をしたときに樅《もみ》の代わりに松を使うとは聞いていた

けれど、盆栽で実行するなんてとんでもないセンスだ。思わず顔をほころばせるなり当然のようにシャッター音。しょっちゅう撮られるせいで最近はあまり気にならなくなってきているのが我ながら恐ろしいけれど、特にツッコミも入れずに景は食卓につく。

遼成からのプレゼントである食事とケーキをゆっくり楽しんで、食後に景からのプレゼントを渡した。

包みは二つ。細長くて薄いものと十五センチ四方の立方体。

先に立方体の包みを開いた彼が、墨文字のサインが入った桐箱《きりばこ》を手にしてピンときた顔になる。箱をこたつの上に置いて、丁寧にかぶせるタイプの蓋《ふた》を開けた。

「ああ……、いいね。やっぱり景、いい趣味してる」

気持ちのこもった声で褒められて、うれしさに唇がほころぶ。

景が贈ったのは先日の会社帰りに寄ったギャラリーで一目惚《ひとめぼ》れした備前焼《びぜんやき》の飯碗《めしわん》だ。もう一つの包みは柳材の箸。飯碗に合うものをあちこち探して納得のいくセットにできた。

「クリスマスなのに地味で申し訳ないんですが……」

気に入った様子で飯碗と箸を眺めている遼成にほっとしながらも言いかけると、こっちを向いた彼がにっこりした。

「何言ってるの、こんなのもらってうれしくならないわけがないでしょ。これからも毎日一緒にいてほしいって言われてるようなプレゼントなのに」

「……！」

「あ、景ってば自覚してなかったんだ」

笑う彼にじわりと頬を熱くして頷く。

言われてみたら彼の言う通りだ。榎本家《えのもとけ》に来て以来、遼成はもともとあった来客用のごはん茶碗と箸を使ってきた。でも彼専用の茶碗と箸があれば「お客様」じゃなくなる。無意識下にそんな気持ちがあってのプレゼントだった。

ふ、と瞳を愛おしげにやわらげた遼成が立ち上がって、何か持ってきた。

「俺からもお返しに、クリスマスらしくないちょっとしたプレゼント」

「でもさっき、鍋とケーキを……」

「あれだけじゃつまらないでしょ」

にっこりした遼成が差し出したのは厚みのある封筒だ。受け取って中を見ると、十枚ほどの紙の束——写真だ。

「景から借りたデジカメで撮ったデータの中から、気に入ったのだけプリントアウトしておいたんだよね。あ、心配しなくても景の写真は我ながら上出来な自信作一枚しかプリントアウトしてないから。他は全部俺だけの愉《たの》しみだし」

「……っ何言ってるんですか」

かあっと赤くなるとカシャリと「俺だけの愉しみコレクション」を増やされる。困ったものだ。

フォトグラファーとしての記憶がないにもかかわらず、いまの逵成が切り取った世界もやはり彼らしかった。庭の山茶花《さざんか》の根元、黒い地面を鮮やかに彩る散った花びらたち。飛行機雲を狙《ねら》うように塀からジャンプする猫。クリスマスのイルミネーションに幻想的にきらめく粉雪。何気なく見過ごしている日常の風景が、彼の目を通すと構図の妙もあるのか思いがけないほど美しくて楽しいものになる。

感心して眺めていると、一枚を手にした逵成がひらひらと振った。

「メインは裏側だよ」

「裏側……？」

一枚ひっくり返して、景は眼鏡の奥の瞳を丸くする。

『なんでもしてあげる券』

おおらかな逵成らしい大きめの字でマジックで書かれた文字列の意味が頭に染みとおるなり、ぷは、と笑ってしまった。

「なんでもしてあげる券の本物、初めて見ました」

「俺も初めて作ったよ。記憶にないし」

澄まし顔で返されて、抑えようとしていた笑いがまた零れてくる。彼も笑いだした。

「本当はね、アクセサリーとか服とかもっと恋人からのプレゼントっぽいのにしようかなーって思ってたんだ。でも人の金で買うみたいで」

「え……？」

「過去の俺が稼いだんだってわかってても、憶《おぼ》えてないから実感がないんだよね。それでも景に欲しいものがあるならなんでも好きなのをプレゼントしようと思ってたのに、景ってば俺がいたらいいなんて可愛いこと言ってくれるんだもん。じゃあ俺にできることならなんでもしてあげたいなって思っちゃうでしょ」

軽やかな口調だけれど、これは記憶がない彼だからこそ思いついたプレゼントだということに気付く。いつもはのんびりした彼の態度のおかげで深刻にならずにすんでいる『記憶喪失』の重さを実感して複雑な気持ちになるのに、彼らしい素敵な写真を特別なチケットにしてプレゼントされたのはうれしい。

素直に喜んでいいのか迷って複雑な顔になってしまうと、くすりと笑った遼成がいつものように景の眉間を撫でた。

「やらしいおねだりに使ってもいいよ」

「……っ使いません」

真っ赤になった景に楽しげに笑って、またシャッターを切る。本当にシャッターチャンスを逃さない段取りのよさ、少し困り顔になったのさえ撮られたらもう笑うしかなかった。

プレゼント交換のあとは遼成が作った酒肴《しゅこう》や盆栽ツリーの飾りに使った金平糖の残りをつまみつつ、ＤＶＤの映画を見ながらゆったりとお酒を楽しんだ。

「このお酒、美味しいですねえ」

すっかり上気した頬で景が傾けているのは冷酒のグラス、中の透明な液体はしゅわしゅわとはじけている。遼成が用意していたのは発泡日本酒、別名和製シャンパンだ。

「飲みやすいから気をつけた方がいいって酒屋の奥さんが言ってたけど、本当にけっこうなペースで飲んでるねえ。もうやめとこっか」

「大丈夫です、ぜんぜん酔ってませんから」

「酔っぱらいに限ってそう言うって知ってた？」

くすりと笑ってお酒の瓶《びん》を手の届かないところに置いてしまう遼成に、景は少し唇をとがらせる。コタツを出て彼の方に膝《ひざ》でにじっていった。

「赤くなりやすいだけで、こう見えても飲める方なんですよ。母の実家は酒どころでもある秋田ですから」

「ああ、なるほどね。景の雪肌は秋田美人の遺伝子ってわけだ。……っと」

コタツ布団に膝をとられてつまずきかけた景を抱き留めて、胸にもたれさせた遼成が笑って背中を撫でる。しっかりした逞《たくま》しい体軀《たいく》にくっついているのがなんだかすごく気持ちよくて、景は無意識に彼の首筋に頬をすり寄せた。

「もー……、この酔っぱらい」

苦笑混じりの甘い声でなじられて、心外さに顔を上げて反論する。

「酔ってないです」

「はいはい」

「本当ですよ」

「うん」

低く笑ってあしらわれた。本当に酔ってなんかいないのに。

少しすねた気分で恋人の端整な顔を見上げていると、「ん？」と甘やかす笑みを湛《たた》えた眼差《まなざ》しを向けられて急に鼓動が速くなった。やさしい手で背中を撫でてくれるのも気持ちよくて、酔っているわけじゃないはずなのに頭がぼんやりしてくる。

ふ、と遼成が淡く苦笑した。

「……なんて顔で人のこと見るかなあ」

「？」

「景、歯磨きしに行かない？」

くしゃりと髪を撫でた遼成に誘われて、大きく心臓が跳ねた。まったく色気のないお誘いの裏の意味が「キスしたい」だとわかったから。

形のいい唇に目がいくと、鼓動がもっと速くなった。彼とのキスで得られる快楽を知ってしまったせいか、妙に唇がうずく。

ふいと瞳を伏せて、景は小声で答えた。

「いいです」

「あー……」

がくり、と残念そうに肩を落とす彼に、思っていたのと違う受け止められ方をされたのに気付いて慌てる。

「そうじゃなくて……っ、あの、アルコールは消毒作用がありますから……っ」

「……ん?」

どう説明したらいいのかわからずに視線を泳がせた景は、コタツの上のさっきまで飲んでいた発泡日本酒が入っているシャンパングラスを摑《つか》んだ。一口飲んで、まだ残っているグラスを無言で遼成に差し出す。

「……アルコールには消毒作用があるって?」

目を瞬いた彼に確認されて、赤い顔でこくんと頷く。

歯磨きなしでキスしてもいい、という意図を正確に察した彼が、ふいにとろけるように笑み崩れた。

「うわー、なにそれめちゃくちゃうれしい……! もうほんとやばい可愛い大好きすぎる!」

「りょ、遼成さん、零れます……っ」

ぎゅうっと抱きしめられて慌てると「ごめんごめん」と腕をゆるめた彼が自分を落ち着かせるように大きく息をついた。グラスを受け取って、細かな泡のはじける透明なアルコールを一息で飲み干す。

空のグラスをコタツに戻すなり、きらめく瞳をこっちに向けてぺろりと唇を舐めた。楽しげなのにどことなく獰猛《どうもう》にも見えてぞくりと背筋が震える。

無茶はしないやさしい人ではあるものの、恋人はやたらと手練手管《てれんてくだ》に長《た》けている。

「あ、あの……、あんまりたくさんは、やめてくださいね」

念のためにお願いすると、目を瞬いた彼が納得したように淡く苦笑して頷いた。

「そうだね、自重します。景が気持ち悪くなったらいけないしね」

「いえ、そうじゃなくて……」

とっさに出た反論に彼が怪訝そうな顔になるけれど、気付かずに言葉を探す。

「その……今夜はまだ、お風呂に入っていないので。遼成さんにたくさんキスをされると、困ったことになりますから……」

「ちょ……っもうほんと、勘弁して」

首筋に顔をうずめた遼成の呟きに目を瞬かせるけれど、大きく息をついた彼は声を出さずに笑いだす。

「なんだかなー、景には本当に飽きないよ」

「……ありがとうございます……？」

「どういたしまして」

にっこりした彼がコタツの方に片手を伸ばして、さっきまで景が酒肴がわりにしていた金平糖をひとつつまみあげる。

「はい、あーん」

戸惑いながらも口を開けると、淡いイエローの甘い星を入れられた。お酒で上気している頬を両手で包みこんだ彼が、瞳をきらめかせて額をくっつける。

「嚙《か》んだら駄目だよ、タイマーだから」

「……？」

「金平糖がなくなるまでキスしようね。それならいいでしょ」

はい、と言わなくてもやわらいだ表情でわかったらしく、ちゅっと音を立てて軽いキスをされた。無意識にうすく口を開くと、今度はゆっくりと重なる。

重なり方が深くなって、口内に彼の舌が入ってきた。大丈夫、嫌なイメージは湧《わ》かない。受け入れるようにもっと口を開くと、くしゃりと髪を撫でてくれた彼がより深く入ってきた。互いの舌をやさしくこすりあわせるようにして、金平糖を転がしながら愛撫する。

（甘い……）

混じり合うほどに溶けて、もっと甘くなる。やわらかなとげをもつ硬いものがころころするのも気持ちよくて、余計なイメージに惑わされる余裕もなくぞくぞくさせられた。

溶けてしまうのが惜しいのに、金平糖はほろりとほどけて消えてゆく。

んく、とごく自然に混ざり合った唾液を嚥下《えんか》すると、はっとしたように彼が唇を離した。

「ごめん……！　もらうの忘れてた」

「……？」

「いま、けっこう飲んじゃったでしょう。大丈夫？」

「あ……、はい。大丈夫、みたいです……」

ちょっと上がった息の合間に自分でも驚きながら景は答える。歯磨きしてないのにキスできたばかりか、いつもより多めに飲んでしまったのに全然気持ち悪くない。それどころか美味しかった気さえする。

「甘党だからでしょうか」

不思議な気分で眉根を寄せて呟くと、噴き出した遼成が眉間を撫でてくれながら瞳をきらめかせて聞いてきた。

「じゃあもう一個食べられる？」

「……はい」

今度は薄桃色の甘い星。それを一緒に溶かす遼成の舌にはさっきよりずっと遠慮がなくなった。気遣うやさしさよりも煽るような濃厚な愛撫が口の中を満たす。

金平糖が溶けこんだせいか蜜《みつ》のようで、混じり合った唾液を飲むことに抵抗を感じない。そのせいでいつまでも唇が離れないのを止められなくなってしまう。

ゆっくりと畳の上に押し倒されると、引き締まった長身の体躯の重みにもぞくぞくした。もっと欲しいような気がして広い背中に手を回した景は、指先に触れた服の感触でようやく入浴前だったのを思い出す。これ以上は駄目だ、と力の入らない手で彼の服を引くと、しぶしぶというように逢成がキスをほどいた。

「もう、なくなってます……」

潤んだ瞳で金平糖タイマー切れを訴えると、彼がにっこりする。

「ごめんね、だってずっと甘いから」

「そんなはずないと思いますが……」

「あるから仕方ないよね」

笑顔で言い切られたら彼にとってはそうなのかなあ、なんて思わず納得してしまう。

「せっかくのタイマーだったのに、あまり意味がなかったですね」

「そうだねえ。景のここもこんなになっちゃったし」

ぐ、と脚の間の熱を溜めてしまった場所を彼の脚で押し上げられて、びくんと背中がしなる。熱っぽい息をつく景に瞳を細めた逢成が、染まった耳元に唇を寄せた。

「ねえ景、もうちょっとだけえっちなことしようか……？」

「だ……だめです、お風呂……」

「うん、でも直接じゃなかったら平気じゃない？　無理っぽかったらやめるから、ね？」

甘えてねだってくる恋人のたちの悪さといったらない。さっきからずっと脚を使ってやわやわと感じやすい場所への刺激を続けているし、耳朶《じだ》や首筋を口で軽く愛撫してさらに煽ってくる。この状態だと突っぱねる方がつらい。

「ちょっとだけでいいから、触らせて……？」

耳に直接吹きこまれる声にぞくぞくして、うう、とためらいながらも瞳を潤ませた景は条件を出した。

「……直接触るのは、絶対ナシですよ」

「うん」

「キスも、体にはしないでください」

「……んー」

「っいま返事をぼかしましたね⁉」

息をはずませながらも危険を察知して確認すると、にやりと笑った彼がなだめるように軽いキスをして交渉してくる。

「一部例外アリにして？」

「……どこですか」

「耳と首と胸」

「全部じゃないですか……！」

「全部じゃないよ、ていうかいちばん大事なとこはまだ一回もしてあげてないでしょ」

さらりと言った彼がどこのことか示すように景の脚の間、熱を溜めてしまった中心を大きな手のひらで包みこんだ。息を呑《の》む景に色っぽく瞳をたわめる。

「ね、ここはしないから。キスも景が好きなとこだけ」

「……っ俺、べつに胸とか好きなわけじゃ……っ」

「うん、じゃあ俺がいままで味わった景の体で特別好きなとこだけ」

にこりと笑っての言い換えに真っ赤になって言葉を失うと、手のひらで包みこんだ敏感な場所をやわやわと煽りながら彼が耳元に唇を寄せる。

「ねえお願い……、俺いま、すっごい景を可愛がりたいんだよね。本当はこんな布ごしじゃなくて直接触りたいけど我慢するし、景が本気で無理ってなったら絶対やめるから。景が気持ちいいって感じられることしかしないから、もっと触らせて……？」

鼓膜がとけそうなくらいに甘い声で、こっちのギリギリのラインは踏みこまないようにしてねだるとかもう本当にずるい。さっき「ちょっとだけ」って言ってたのが「もっと」になったのに気付いていても断れなくなってしまう。

ぐらぐら揺れている景の口許《くちもと》に、遼成が新しい金平糖を運んできた。

「食べてくれる……？」

色っぽい笑みを湛えた瞳で見つめてくる彼は、頼んでいるようで実のところ景が断れないというのをきっとわかっているのだ。本人無自覚だろうに本当にたちが悪い。

「……胸へのキスは、駄目ですよ」

「触るだけにする」

譲歩したのがわかったらしい彼も、にっこりして譲歩。

男なのに胸を弄《いじ》られるのがすでに恥ずかしいんだけどなあ、と思いつつも観念して口を開くと、ころりと水色の星を入れられた。続いて笑みを湛えた唇のキス。

比喩《ひゆ》でなく、甘いキスに酔わされる。

直接触るのは我慢するとは言ったものの邪魔な布地は少ないほどいいということなのか、遼成はキスでたぶらかしながら景の下衣をいつの間にか引き下ろしてしまった。伸縮性のある薄い生地に包まれた熱を下着ごと握りこまれて、びくりと背がしなって唇が離れる。

自らの唇を舐めた遼成が色っぽく瞳を細めて、恥ずかしい染みを作っている部分を親指で撫でた。

「キスしかしてなかったのに、先っぽもうぬるぬるだねえ。直接弄ってあげたいけど、どうしても嫌……？」

「だめ、です」

息を乱しながらもそこは譲れずにかぶりを振ると、今度は素直に引き下がった。

「ん、そっか。じゃあここはお風呂に入ってからね」

「……ありがとうございます」

気遣いにお礼を言うと、愛おしげに瞳をやわらげた遼成が「あーもう、ほんと景のそういうとこって堪《たま》んない」と呟いて上半身を起こした。

「ねえ、脱がせなかったら俺のが直接触っても平気？」

どういう意味かわからずに戸惑いの瞳を向けた先で、彼が自らの下衣を慎重にくつろげる。

「……！」

隆々とした屹立《きつりつ》はすでに下着に収まりきらない状態だ。入浴後の愛撫で互いの熱を交わらせた経験はあるものの、電気が煌々《こうこう》としている状態でしっかり見たことなんてなかったし、堂々と取り出されたものの迫力に心臓が大きく跳ね上がる。

とっさに瞳を閉じるとくすりと笑った気配がして、彼が覆いかぶさってきた。

「男同士なのに恥ずかしいの？」

「ち、違います。びっくりしただけです」

「なんで？　景も同じのついてるのに」

「……同じじゃない気がします」

笑みを含んだ声に気付かずに複雑な気分で答えると、ふふっと笑った遼成に熱い頬にキスを落とされた。

「そうだねえ、景のは景らしくすんなりとした綺麗な形で、色も透明感があるもんね。いつも美味しそうだなあって思って見てる」

「な……っ」

「もっと慣れたら舐めさせてね」

「む、無理です」

「大丈夫大丈夫、景はゆっくり慣らしていったらちゃんと受け入れられる子だから」

そんなことを言いつつ景の下着に包まれた中心に自らの剛直をごり、と添わせてくる。びくっと肩が跳ねたけれど、頬や唇になだめるキスを落としながらごくゆるやかにこすり合わされているうちにずしりとした質量や熱さへの抵抗感がどんどん軽くなって、興奮や気持ちよさが大きくなってきた。

乱れた息を零す景の上気した顔をじっと見て、布一枚を隔てて互いの中心をこすり合わせる力を強めながら遼成が艶めかしく呟く。

「……ほら、ね？」

「え……？」

何が「ほら」なのか快感に乱れた頭では理解できずに潤んだ瞳を向けると、とろりと笑んだ彼が「なんでもないよ」と囁いて唇を深く割ってきた。

大きな熱塊でごりごりと前を刺激されているだけでも堪らないのに、淫《みだ》らな腰の動きとはうらはらのやさしく甘やかす手で腰からわき腹、背中を撫でられる。服の上からなのがもどかしくて無意識に彼に体を添わせるように背がしなると、服の下にもぐりこんだ大きな手のひらが突き出された胸へと撫で上げていって、つんととがっている感じやすい突起を直《じか》に指先で擦《こす》られた。

「んンッ、ふぅ……っ」

電流のような快感に大きく体が跳ねるのに、予測していたかのようにしっかり後頭部を摑まれていてキスから逃げることができない。飲みきれなかった唾液が首筋へと伝うのももう気にすることができず、半ば強制的な快楽に酔わされる。

容赦なく与えられるキスと愛撫に、息苦しさと気持ちよさで目尻に涙が滲《にじ》んだ。

「ん、んぅ……っ、ひ、ん……っ」

あと一歩の快感をわざと与えないようにしているとしか思えない愛撫が苦しくなってきて怖がるような泣き声めいた声が漏れると、ゆっくりと遂成がキスをほどいた。

涙と熱気で少しくもってしまった眼鏡をはずした彼が、激しく息をあえがせている景の濡《ぬ》れた目許を舐めてひどく色っぽい吐息をつく。

「あー……このくらいで泣いちゃうとかすごい可愛い……。もうほんと、ひと思いに食べちゃいたいなあ……」

「なに……食べ……?」

「ん？ ああ、気にしないで。心の声が漏れただけ」

にっこりして細い腰からお尻の丸みへと撫でおろしてゆく。ぞくぞくする感覚に戸惑っていたら、ぎゅ、と丸みを強く摑まれて思いがけない快感に思わず身をすくめてしまった。染まった耳に熱を帯びた声が吹きこまれる。

「景は感度良好だけど、ここはまだ無理だもんね。ちゃんとゆっくり仕込んであげる」

「っや、どこ、触って……！」

「どこでしょう」

ふふ、と笑みを含んだいたずらっぽい口調で言いながら、お尻の谷間をゆるく撫でる手は止めない。下着ごし、しかもごく軽い指先。それなのに妙にぞくぞくしてしまう。

「ゆ、指、離してください……っ、汚いですから……！」

「大丈夫だよ、直接触ってないでしょ」

しれっと言い返されたのはその通り。でもそういう問題じゃない気がする。

男同士で最後まで愛し合うときにはそこを使うと知識として知ってはいても、場所が場所だけに潔癖気味の景にとってはありえない行為だ。そんな心情をわかっているからこそ遼成もそこには一切触れないでくれていると思っていたのに、いきなりの急展開。

軽く撫でられているだけで背筋がぞわぞわする感覚が怖くて、景は動揺した瞳を恋人に向けた。

「そ、そこ、無理です」

「うん、わかってるよ」

「じゃあなんで……」

「ちょっとずつ慣れていってもらおうと思って」

やさしい笑みを湛えての返事は嚙み合っていない。眉根を寄せると、眉間を開かせるようにキスを落とされた。

「いまは無理でも、慣れたらきっと平気になると思うんだよね。本当はもう少し時間かけるつもりだったんだけど、景ってば俺が思う以上に俺のこと受け入れてくれるようになってるみたいだから欲張ってみたくなっちゃって」

「よ、欲張らないでください」

困り顔で止めても「もう遅いよ」なんてあしらわれる。

「どうしても無理ならあきらめるけど、ちょっとだけ触ってもいい?」

「……遼成さんのちょっとだけは、信用できない気がします」

「恋人に信じてもらえないって悲しい」

はあ、とため息をついた彼が首筋に顔をうずめてくる。ぞくぞくしながらも少し申し訳ない気になったのも束の間、いつもより速い脈をうつ首筋から耳へと口で愛撫してきた。

「遼成さん……っ」

「うん」

叱る口調に気付いていないかのように楽しげに応えて、染まった耳朶を甘噛みする。びく、と身をすくめる景の蕾《つぼみ》から指先を離さないままで、それどころかさっきより強く谷間に指先を押しこむようにして耳に甘い声を吹きこんだ。

「ほら、下着があるとこれ以上入らないでしょ……？　ちょっとだけじゃない？　これも無理？」

「……それ、は……無理、じゃ、ないかもしれないですけど……」

「よかったー」

戸惑いたっぷりの「かも」や「けど」をさらりと流してにっこりするなり、重なり合った腰で前への刺激を再開する。

「あっ、ちょ……っ、まだ、いいって言ってな……っ」

「じゃあ言って？」

下着ごしとはいえ、前を刺激しながら許可なく後ろも弄るなんていう無体《むたい》をしている人とは思えない甘くやさしい声のおねだり。ソフトなふりして信じられない強引さだ。

すぐには答えられずに息を乱していると、少し息の上がっている彼が軽く首をかしげた。

「ん……？　気持ちよくない？　どうしてもいや？」

「そ……っいうわけじゃ、ない、ですけど……っ」

「だよねえ。景のここ、もう出したそうにびくびくしてるし、お尻ももっと入れて欲しそうに俺の指を食《は》んできてるもんねえ」

「し、してないです……っ」

恥ずかしいことを言う彼に真っ赤になって否定するなり、遼成が喉《のど》で甘く転がすように低く笑った。

「ほんと？」

ぐり、と蕾に触れている指で布ごと強く抉《えぐ》るようにされて、そこから腰の奥に響くような痺《しび》れが渡る。身をすくませているのに今度はひくひくしている様子をわからせるかのように軽く撫でられて、ざわりと背筋を震わせる感覚に思わず泣き声が漏れた。

「やぁ、もう……っ」

「ああ、ごめんね。可愛くてつい」

「……？」

怪訝な顔をする景の潤んだ目許にキスをして、遼成が囁く。

「景、お尻も触っていいって言って……？　言ってくれたらイかせてあげる」

勝手にもう弄っているくせに事後承諾でそんな要求。しかも交換条件付き。

「ずる、い……っ」

「うん、ごめんね」

咎めても少し困った顔になるだけで、反省しているとは思えない愛撫が続く。十分に煽られていた体はもう限界目前だ。これ以上怒る余裕もない。というか既成事実があるのに承諾も何もない。

乱れた息と抑えきれないあえぎ声の合間に、景はとうとういまさらすぎる許可を出した。

「もう、いいですから……っ」

「うん、だから……？」

ふいに遼成が手と腰の動きを止めた。放出の目前でおあずけをくらった景は涙目を瞬いて、ものすごく色っぽいのにどこかいたずらっこのように瞳をきらめかせている恋人の表情に気付く。……信じられない、ちゃんと要求に応えたのに彼はもっと恥ずかしいことを言わせたいのだ。わかりたくないのにわかってしまった。

「なんでそんなこと言わせたいんですか……！」

「んー……なんでだろう。恥ずかしがって赤くなったり泣きそうになったりする景を見ると、すごく胸にくるせいかなあ」

乱れた吐息混じりの涙声の問いかけに、熱っぽい声で真剣に答えてもらったところで困ってしまう。こんなの、悪気がないからこそ恋人が天然のSだと証明されただけだ。

眉を下げる景の髪をやさしく撫でて、軽いキスを降らせながら遼成が囁く。

「ねえ景、わかってるんだよね？　言ってくれる……？」

わかってるけど、男子としてこんなお願いは恥ずかしい。ためらっていると、ごりゅ、と張りつめた場所を強くこすり合わされた。息を呑む景の後ろも下着ごしに指で弄りながら、遼成が甘い声で怖いことを囁く。

「俺としては景が言えるようになるまで、ずっとこうしててもいいけど」

「や……っ」

「やなの？　じゃあどうしてほしい？」

「い……イかせて、ください……っ」

ほとんど口走るように声にすると、恋人が満足げで愛おしげな笑みを浮かべた。

「あー……ほんと可愛いなあ。大好きだよ、景」

吐息混じりの情感たっぷりな声で呟くなり、形のいい唇が深く重なってきた。深いキスで口内を犯しながら前も後ろも布ごしに強く刺激されて、一気に限界まで追い立てられる。

「んっ、くぅ、んんぅー……っ」

ぐうっと蕾に指先を布ごとねじこむようにされ、反対側の手で感じやすい胸の突起まで押しつぶされて、景は身を震わせて下着の中に放ってしまう。

キスをほどいた遼成がぺろりと唇を舐めて、色っぽくもどこか楽しげな口調で呟いた。

「あれ、いまのでイっちゃったの……？　俺まだだよ？」

「あ……、ごめ……なさ……っ」

「いいよ、もうちょっとだけ付き合ってくれたら」

ここまでで確信したけれど、こういうときの遼成の「もうちょっとだけ」は信じたらいけないやつだ。思わず腰を逃がそうとしたのにがっちり捕まえられてしまう。

「意地悪しないで、景」

「そんな、してな……っひ……っやぁ、あっ、あ……っ」

達したばかりの場所を布一枚挟んだ状態で硬くて太いものでさらにこすりたてられて、過ぎた快感に涙が零れてきた。下着の中が濡れているせいでさっき以上にすべりがよくて、淫らな水音に鼓膜まで嬲《なぶ》られる。あっという間にまた熱が溜まった。

「あぁ……しまったな、今日はもう七枚撮ってた」

上気した頰を濡らす雫《しずく》を愛おしげに舐めた遼成が熱い吐息混じりに残念そうに呟くけれど、もう意味がちゃんととれない。「今度撮らせてね」と言われたのは空耳か現実か。

いつの間にかまくりあげられていた服の下、感度の上がった体に恋人の熱の飛沫《ひまつ》をかけられてぞくぞくして自分も同時に達してしまう。

やさしいキスで目許の涙を吸い取られた感覚を最後に、立て続けの放出と慣れない快感に疲れ果てた景はお風呂にも入れないまま意識を手放してしまった。

ふ……と気がついたときは、自室の布団の中だった。

枕元の読書灯だけがついていて明かりは落とされている。襖《ふすま》の向こう、細く光が漏れる台所の方から低く聞こえてくるのは上機嫌なクリスマスソングのハミング。水音や茶碗が軽くぶつかる音からして遼成はクリスマスディナーの後片付けをしている最中らしい。

時計を見ると十一時すぎ。そんなに長く気を失っていたわけじゃなかったんだ……とほっとしたのと同時に、こうなった原因を思い出してじわりと顔が熱くなった。

「……さっきの遼成さん、なんかいつもよりやらしくて意地悪だった……」

ううう、と布団にもぐりこんだ景は真っ赤な顔で呟く。

『恋人』になってから少しずつ触る範囲を広げられてはきたものの、これまでの遼成の愛撫はどこまでもやさしかった。恥ずかしいことを言わされることも、なかなかイかせてもらえないこともなくて、甘いシロップに漬けこむようにしてもともと人に触れられるのが苦手な景を快楽に慣らしていた。――そう、慣らしていたのだ。はっと気付いて大きく目を瞬かせる。

「え……てことは、遼成さんの本性ってさっきの方……？」

うそ、とドキドキとぞくぞくが同時に体を震わせる。

やさしいのに強引で、甘いのに意地悪。やわらかな笑顔で景をからかい、気遣い、最後には自分の好きなようにしてしまう。

（あ……でもよく考えてみたら、もともとそんな人だった……）

それも、記憶を失う前から。気付いてしまって思わず苦笑。

同じなのに違うような気がしたのは、たぶん遼成が景に見せる度合が変わったせいだ。歯磨きなしでキスできるくらい受け入れられるようになったのならこれくらいいけるよね、という感じでぐっと遠慮がなくなったのだと思われる。

「……歯磨き」

思い出したらどうしても歯磨きがしたくなった。もそもそと布団から起き上がった景は、自分がちゃんと洗いたてのパジャマを身に着けていることにいまさらのように気付く。

パジャマの下の体はさらりとしていた。もちろん下着も。

（夢じゃなかったんだ……）

気を失っている間、景はぐったりした体を遼成が浴室へと運んで洗ってくれるきれぎれの夢をみた憶えがある。彼は上機嫌でいまみたいに鼻歌を歌っていて、やさしい手があまりにも気持ちよくてずいぶん甘えた態度をとってしまった気がする。

「やっぱり俺、ちょっと酔ってたのかな……」

ううう、とアルコールのせいにして心が落ち着くまで――できればこのまま寝てしまって明日まで恋人と顔を合わせるのを避けたいところだけれど、歯磨きせずには寝られない因果《いんが》な体質。仕方なくちゃんとケースに入れて枕元に置かれていた眼鏡をかけてから、落ち着かない気分で自室を出た。

「あ、気がついたんだ？　気分はどう？」

台所に行くなり遼成に声をかけられて、照れくささに視線をそらしながら景は小声で答える。

「大丈夫です。あの……いろいろとありがとうございました」

「うん。いろいろとすっごい可愛かった」

声だけでもにっこりしているのがわかる彼がミネラルウォーターの入ったグラスを持ってきてくれる。顔を伏せたままお礼を言って、逃げるようにシンク前に移動。

一口めは口内のゆすぎに使って、残りを飲んでいたら台所から出ていっていた遼成が戻ってきた。

「はい」と笑顔で差し出されたのはいつもは洗面所に置いてある歯ブラシだ。歯磨き粉のチューブとマウスウォッシュも持ってきてくれている。まさに至れり尽くせり。

歯磨きを終えてすっきりした気分になったところで、洗濯終了のメロディが聞こえた。いつもは午前中に洗濯機を回しているのに珍しいな、と目を瞬くと、洗濯物をカゴに入れて戻ってきた遼成が不思議そうな顔をしている景に気付いてくすりと笑う。

「乾いたら洗うのが大変でしょ」

「え……」

「ちゃんと手洗いもしといたよ」

洗濯カゴの中から彼が引き出し、にっこりしてしわを伸ばして広げて見せたのは景の下着だ。ぶわ、と全身が染まった。

「……死にたいです」

「えー、死んだら嫌だよ。俺はもっと景といちゃいちゃしたいのに」

羞恥《しゅうち》のあまりしゃがみこんで丸くなった景の隣にきて、笑って抱きしめた遼成がくしゃくしゃと髪を撫でる。恋人はなぜかものすごく上機嫌だけど、景としては自ら穴を掘って埋まりたいくらいの気分だ。

「……たぶん俺、酔ってました」

「酔ってないって言ってたのに？」

「酔ってました」

言い張ると、ふふっと笑われる。

「そっか、じゃあそういうことにしてあげようかな」

ちらりと目を上げるとこっちが照れてしまいそうなくらい甘い眼差し。あまりにも上機嫌な恋人に、死にたいほどの羞恥が気付かないうちにずいぶん軽くなってしまった。

【6】

クリスマスイブのあとも数日働いて景も仕事納めの日を迎え、年末年始の休暇に入った。といっても経理担当者はそう長く休めない。各種支払いが滞《とどこお》るとみんなが困るから社内カレンダー通りの休みだ。

今年はジャスト一週間プラス一日。一月六日が仕事始めの予定だ。

年末は遼成と一緒に大掃除をしているうちにあっという間に過ぎ、大晦日《おおみそか》は紅白を見ながら年越しそばという超定番の過ごし方。新年を迎えるときはコタツでのんびりお酒を酌《く》み交わしていた。

零時を迎えた瞬間に「あけましておめでとうございます」という決まり文句を互いに口にして、改まった感じに少し照れくさくなって微笑み合う。

「初詣《はつもうで》に行く？　その前に寝る？」

「眠いです」

「だろうねえ。目がとろんってしてるもん」

笑った遼成が景の頰を軽く撫でる。

「初詣は起きてから行こうね」

約束をして、一緒に歯磨きをしてからおやすみのために今年最初の軽いキス。恋人の腕に抱かれて景は眠りにつく。

ふわふわと甘くて夢のようだ。それこそ金平糖のようにひとつずつは小さくて、淡くて、ほろりと崩れそうな甘いばかりの幸福。

ずっとこのままでいられたらいい。小さな甘い幸福をたくさん増やしていけたらいい。来年も、再来年も、その先も、ずっと。

遼成の記憶は戻らない。戻る気配もない。

もう、このまま一生戻らないままでいて欲しいと景は思っている。彼にとってそれはつらいことかもしれないと心を痛めながらも、それでも祈るように思っている。


ひと眠りして、改めて一月一日。

「あけおめー!」という明るい母親からの電話で起こされた景は、電車で一時間ほどのところにある実家へ新年の挨拶《あいさつ》に行くことになった。ちなみに遼成も一緒だ。

新年の挨拶には行きたいけれど正月早々恋人を一人きりで家に残すのは……と電話口でためらったら、妙なところで鋭い母親が「誰か来てるの？　もしかして恋人⁉」と異様な食いつきを見せた。正直に「恋人」なんて答えたら大変なことになると思って最も無難と思われる「友達」という単語を口にしたのに、「景にお正月を一緒にすごすくらい仲のいい友達ができたなんて……！　ぜひ連れていらっしゃい！」とはしゃいだ声で通達するなり電話を切られてしまった。ちなみに母親は榎本家最強生物である。

「なんだかすみません……」

実家に向かう道を並んで歩きながら恐縮して謝ると、遼成がくすりと笑って首をかしげる。

「俺としては恋人のご両親に会えるってうれしいけどねぇ」

「……っそういうんじゃないですよ？」

「わかってるよ。とりあえず景、すでにリーチだってことは教えてあげる」

にっこりした彼の指はピースサイン。目を瞬いてからはっとする。これは「不要なすみませんカウント」だ。

「もっと早く忠告してください……！」

「なんで？　俺としては黙ってた方が景を好き放題できるのに、リーチを教えてあげるんだから甘いくらいでしょ」

くすりと笑って返す遼成は確かに景に甘いけれど、ナチュラルに暴君でもある。そもそも不要な「すみません」二回でいいようにされるシステムを作ったのは彼だ。

クリスマスイブに「ちょっとずつ慣れていってもらおうと思って」と言っていた遼成は、

あれ以降ペナルティを景のあらぬところを開発するのに活用するようになった。直《じか》に触られるのはどうしても無理、という景のために弄る指を包むべくゼリー付きゴムはもちろんのこと、直接触れるようになったときに備えてローションまで用意しているという周到さ。困ったことにしょっちゅう「すみません」を言ってしまうせいで、ほぼ毎日弄られるという恐ろしい展開になっている。

（なんか……本当にだんだん慣れてきちゃってるし……）

赤くならないように恋人から視線をそらして、こっそり深呼吸。

絶対無理、ありえない、と思っていたことも、少しずつ慣れてゆくと案外平気になってゆくのを景は彼と暮らすようになってたびたび実感している。人間の適応力というのは思っていた以上にすごい。

このままだと近いうちに本当に抱かれてしまうかもしれないけれど、自分でも意外なくらい嫌だとか無理だとかいう気持ちが湧かない。さすがに場所が場所だけに抵抗感がゼロとはいえないものの、遼成ならなんだかんだいって気遣ってくれるという信頼があるからこそ受け入れられる気がする。

景の実家はごくありふれた二階建ての家だ。

インターフォンを押すと、午後から彼氏とデートだという妹がドアを開けてくれるなり固まった。

「ちょ……っ景兄ちゃん、なんで友達がこんな美形だって教えててくんなかったのー！」と挨拶もそこそこに景を叱ってバタバタと自室に戻った妹を筆頭に、遼成と会った榎本家の女性陣はこれまで見たこともないようなテンションの上がりようだった。

母親と兄嫁はいつも以上にはりきってあれこれとご馳走《ちそう》を出し、身支度を整え直した妹は普段はしない手伝いをして女子力アピール。兄夫婦の三歳になる姪《めい》でさえ人見知りなはずなのに遼成にくっついて離れなかった。

人当たりのいい美形の女性への威力ってすごいな、なんて思わず感心していたら、いつの間にやら彼は男性陣も取りこんでいた。

切手収集を趣味としている父親とは海外の切手ネタで意気投合し、鉄オタ（しかも撮り鉄）の兄は遼成に記憶がないことを伏せていたため有名フォトグラファーに興味をもって写真を見てもらったあげくに褒められてすっかりご満悦。兄夫婦の七カ月になったばかりの赤ん坊の甥《おい》もやさしく遊んでくれる遼成をハイハイで追いかけるというモテモテぶり。

（本当に老若男女問わないんだなあ……）

記憶があろうがなかろうが彼は変わらない。まさに天性の人タラシ。おかげで実家にいる間中恋人はひっぱりだこでほとんど話ができなかったくらいだ。

そのことでちょっとだけもやっとした気持ちになったのは自覚しているけれど、我ながらあまりにも大人げない。実家を辞去した景は肺から自分を浄化したいような気持ちで冷たい外気で何度も深呼吸をする。

約束していた初詣には自宅に帰る途中に行くことができた。

「こんなところに神社があったんですね」

「商店街の人たちはみんなここにお参りするらしいよ」

和菓子屋のおばあちゃん店主に教えてもらったという遼成の案内で来たのは、商店街の近くにある小さな神社だ。古いけれどちゃんと手入れされていて、太鼓橋のかかった小さな池のある境内《けいだい》にはすでにいくつか咲いている白梅。風向きによって爽やかで甘い香りがほのかに鼻先をよぎる。大きな神社に行く人が多いせいか参拝客は少ないけれど、そのぶん落ち着いてお参りすることができる雰囲気のいいお社《やしろ》だった。

「おみくじとか引いてみる？」

「いいえ、悪いのが出たら落ち込みそうですから」

「景は繊細だもんねえ」

よしよしと頭を撫でた恋人が、顔をのぞきこむようにして少し首をかしげる。

「ていうかさっきから気になってたんだけど、もしかしていまもちょっと沈んでる？」

「……！」

「あ、やっぱり。実家を出たときからだよね。俺、何かまずいことしちゃった？」

もともと表情にあまり出ない方だし、自分でも出さないように気をつけていた。それなのに気付いてしまう観察眼の鋭い恋人に眉を下げてしまいながらも、かぶりを振る。

「遼成さんは何も悪くありません。俺が情けないだけで」

「うん？」

正直に答えるのはためらわれたものの、やさしく問う眼差しを向けられると勝手に口から言葉が零れていた。

「……妬《や》いてしまったんです」

「え、誰に？」

本当に不思議そうな彼から目をそらして、赤くならないように深呼吸をしてから白状する。

「家族にです。……遼成さんは俺のなのに、って」

白状してみたものの、もう本当に我ながら大人げなくて恥ずかしい。

「……すみません、やっぱりいまのナシにしてください」

「えー、そんなの無理だよ。そんな可愛いこと言われてナシにしてあげるわけないでしょ。あ、ついでにいまのでスリーカウントそろったから」

「！」

しまった、と思う間もなく上機嫌な彼に手を捕まえられる。

「そっかあ、妬いてくれたのかあ」

歌うように言いながら遼成は小さな社務所《しゃむしょ》に向かう。絵馬《えま》を買って窓口から離れたと思ったら、景にマジックを渡してにっこりした。

「名前書いてもいいよ」

「え……？」

「自分のものには名前を書くでしょ」

そう言ってダウンを脱ぎ、袖《そで》をまくる。

「い、いいですそんなの……っ、俺が子どもっぽい嫉妬《しっと》なんかしてしまっただけですし」

「まあまあ、景が俺に名前を書いてくれたらおあいこになるから遠慮しないで」

「おあいこ……？」

きょとんとすると、にやりといたずらっぽい笑みを彼が見せた。

「気付いてないの？　景の体、俺の所有のしるしでいっぱいなんだけど」

「え……、あ……！」

ぶわ、と止める間もなく全身が赤くなった気がした。言われてみれば景の体は遼成につけられたキスマークだらけ、あれは所有のしるしだったのだ。

赤くなって固まっている景に彼が腕を出す。

「てことで、俺にもどうぞ」

にこやかに促されて、少しだけ迷ったものの景はマジックの蓋を取る。好きな人が自分のものだと明記できる誘惑はなんだかすごく抗《あらが》いがたかった。

「……本当にいいんですか？」

「キスマークでもいいけど？」

楽しげにちゅっとリップ音をたてての誘いに慌ててかぶりを振る。こんなところで何を言っているのか、この人は。

「こんなの、完全にバカップルですよね……」

「バカップル上等です」

堂々と切り返した彼に思わず笑ってしまいつつ、筋肉質で張りのある腕に記名した。フルネームは照れくさいから下の名前だけ書いたけれど、妙にうれしくてさっきまで少し落ちていた気持ちが浮上する。

「元気出た？」

「……！　ありがとうございます」

「こちらこそ」

くすりと笑って返した彼が腕に目をやって、ふ、と笑う。

「景、字まで遠慮がちだねえ」

「大きめに書いたつもりですが……？」

遼成の腕に書かれた『景』は二センチ四方だ。自分としてはかなり大きく書いたのに彼からすると小さいらしい。

それでも満足げに見ていた遼成が、ふと首をかしげて「このままじゃ何のことかわかんないかな」と景からペンを受け取って自分で何か書き足した。

「どう?」

示された腕には『景』に向かって矢印が伸びていて『俺の』と書かれている。ちなみに彼の字の方が勢いがあって大きい。持ち主としての記名のはずが、さらにその持ち主は遼成という図式。

目を丸くしたあと、ストレートかつナチュラル暴君な書き込みに思わず噴き出してしまった。カシャリとシャッター音が響くけれど気にしていられない。

「……名作です」

まだ笑いの残る声で評すると、「迷うの方の迷作じゃないよね?」と確認を受けた。そっちでもよかったなと思いながらも頷く。

二人で絵馬にカップルらしい照れくさいお願いごとを書き込んで奉納してから、ゆっくり散歩しながら家に帰った。通りに人がいないのをいいことに彼のポケットで手を温めてもらったのも、バカップル上等の幸せな秘密だ。

【7】

お正月休みはあっという間に過ぎ、一月六日、仕事始めの日を迎えた。

玄関先できっちりコートのボタンを留めながら、景は見送りにきてくれている恋人を複雑な気持ちを湛えた瞳で見上げる。

「スタジオKは来週から仕事始めだそうです。……記憶、それまでに戻るでしょうか」

「どうかなあ。突然失《な》くしたものだから突然戻ることもあるかもしれないけど、俺としては特にフラッシュバックとかもないし可能性は低いと思ってるんだよね」

飄々《ひょうひょう》とした返事は軽いようで、自分の状態を客観的に理解して受け入れているからこそだ。むやみにじたばたしても仕方がない、だからいまの自分にできることを考えてベストを尽くす。できれば楽しみながら。

それが遼成の基本スタンス。そんな彼の柔軟性のおかげで、景もとんでもない事態が発生しているのにあまり深刻にならずにこれまで状況を受け入れてきた。

でもいざ仕事を再開する日が近づいてみると、記憶喪失は今後の人生を左右する重大な問題であるという現実が重くのしかかってくる。これまで深刻にならずにいられたのは遼成のしなやかさもさることながら、彼が長い冬休みの最中だったからだ。

「戻らなかったら、遼成さんのお仕事はどうなるんでしょうか」

無意識に寄った眉根をやさしい手で撫でた彼が、落ち着いた声であっさり答える。

「前も言ったけど、失った記憶の作品への影響度合によっては一旦《いったん》廃業だろうね」

「……！」

「ああ、そんな顔しないで……って、景はフォトグラファーだった俺のファンだって言ってたから無理かな」

さらりと髪を撫でてくれながら彼が苦笑する。

「写真を撮るのはまばたきするのと同じくらい俺にとって自然なことだから、たぶんずっと撮ってはいくよ。ただ、それをもう一度仕事にできるかどうかは別問題だよね。いまの状態でプロとして通用する写真が撮れるかどうかは俺にもわかんないし」

「そう……ですよね」

「でもまあ、そのときは他の仕事に就《つ》けばいいだけのことでしょ」

大きく目を見開いて顔を上げた景に、遼成が笑う。

「俺だって一生過去の自分が稼いだお金を食いつぶしながら遊んで生きてくつもりなんかないよ。自力で稼いだ実感がないと、心置きなく景にプレゼントも買ってあげられないし。一応自分にどういう能力があるのかチェックしてみたんだけど、俺、英語とイタリア語は普通に読み書きできて話せるし、そこそこなら他にも何カ国語かできるみたい。コミュニケーション能力は高めで打たれ強い方だし、たぶん交渉事も得意だと思う。料理もまあまあできるし、体も丈夫で幸い顔もいいでしょ」

いたずらっぽくウインクしての言葉に思わず笑ってしまうと、彼もやわらかく笑う。

「これなら記憶がなくてもけっこういろいろ働き口はあると思うんだよねえ。観光用の通訳とか、営業とか、ホストとか？」

「……っホストは駄目です」

天職かもしれないけど危険すぎる。とっさに止めた景に彼が瞳をきらめかせた。

「えー、おもしろそうなのに。たくさん稼いで景にいっぱい贅沢《ぜいたく》させてあげるよ？」

「いらないです」

「記憶喪失がネックになって他が不採用かもしれないよ？」

「そのときは俺が遼成さんを養《やしな》います……！」

からかっている口調にも気付かずに本気で返すと、くしゃりと彼が笑み崩れた。いきなり抱きしめられる。

「景、いまのほんと？」

「ほ、本当です」

「それってプロポーズだよね」

「……っそう、受け取ってもらってかまいません……！」

じわじわ顔が熱くなってくるのを感じながらも肯定するなり、抱きしめる腕が強くなって足が浮いた。驚いている間に逵成が笑いながらくるんと一周回る。

「ちょ……っ、あぶな……っ」

「あーもう、景って最高。大好きすぎて死にそう」

「なに言……っ」

床に下ろされるなりの軽いキスで言葉が途切れる。大きく目を瞬いて見上げると、いまにもとけだしそうにきらめく笑み。

「ありがと景。プロポーズ、本気でうれしい」

「……お、俺もうれしいです」

どう返したらいいのかわからずに染まった顔を伏せて告げるなり、「もうほんとたまんない」とまたぎゅっと抱きしめられた。

照れくさいのに幸せでドキドキしている景から腕をほどいた逵成が、ハグで乱れてしまったらしい髪を指先で整えてくれながらご機嫌に言った。

「せっかく好きな子が俺の写真のファンってことだし、記憶がないままでも仕事できるかどうか今日はもう一回スタジオに行ってみるよ」

「え……」

「あ、不安そうな顔してる。記憶が戻るフラグだと思ってる？」

無言ながらも眉を下げてしまうと、「そんな都合よくいくわけないじゃない」と彼は軽やかに笑い飛ばす。

「どうしても心配だったら名前書いとく？　この前のは消えちゃったし」

ぐいと自らの袖をまくって見せた彼の腕には、もうマジックの痕《あと》は残っていない。あれから何日も経《た》っているというのもさることながら、潔癖気味の景を愛撫するために事前と事後で少なくとも毎日二回は彼もお風呂に入るせいだ。

顔が熱くなりそうなのを深呼吸で抑えて、景は瞳を伏せて呟く。

「……いいです。所有のしるしは、つけさせてもらってますから」

「景のキスマークは控えめだけどねえ」

にっこりしてのツッコミ。遼成は「もっとたくさんつけてもいいのに」と毎回言うのだけれど、彼の体に唇を付けて吸い上げるというのは愛撫の一種だ。自分からキスするだけでもいっぱいいっぱいなのに、景がキスマークをつけると「お返し」がとんでもないことになるから控えめになるのは仕方ない。

「いってらっしゃい」

にっこりして家の前まで見送ってくれる恋人に照れつつ「行ってきます」を返して、景は久しぶりに遼成と離れることに名残《なごり》惜しさを覚えながら今年最初の仕事に向かった。

仕事始めの週は、二、三日で土日になる場合は有休を使ってまるごと休む人も多い。スプリンセの社員や取引先も多分に漏れず、本格的に仕事に入るのは翌週からだ。おかげで定時きっかりに退社。

自宅の最寄り駅に降り立った景は、ちらちらと舞い落ちるものに気付いてどんよりと暗い空を見上げる。

「雪だ」

朝から冷えこんではいたものの本当に降ってくるとは。粉雪だしすぐに溶けているから積もることはなさそうだけれど、明日の朝は早めに出社した方がいいかもしれない。

マフラーをしっかり巻き直して歩きだす。

向こうから来る人を無意識にチェックしている自分に気付いて、思わず苦笑めいた照れ笑いが浮かんだ。傘を持ってきていないからってまた恋人が迎えに来てくれるのを期待しているなんて、ずいぶん甘やかされてしまったものだ。

いろいろとしてもらうことに慣れてしまった自分を深く反省して、景はささやかながら手土産にたこ焼きを買って帰ることにする。すっかり馴染みになった例のたこ焼き屋台の六個パック、遼成は七味マヨを添えて晩酌のお供にするのがお気に入りだ。

ほかほかのパックをカイロ代わりに、恋人が喜んでくれる姿を想像して景はうきうきした気分で家路をたどった。

自宅近くまできて、戸惑いで歩みがゆっくりになる。

明かりが灯《とも》っていない。玄関先だけじゃなく、見える範囲すべてに。

(今日、スタジオに行くって言ってたけど……)

記憶が戻るフラグだと思ってる？　と笑っていた遼成が脳裏をよぎる。彼は笑い飛ばしたけれど、もしかして……。

(……いや、まさか)

不穏に速まった鼓動を意識しつつ、ぎこちなくまた歩き始める。

(きっとまだ帰ってきてないだけだよね。もしかしたらうたたねしてるだけってこともあるだろうし)

自分に言い聞かせながらも、どんどん速くなっていく鼓動に合わせるように足も速まる。

玄関はしっかり施錠されていて、さらに動悸《どうき》がひどくなった。鍵を取り出すのももどかしく玄関の引き戸を開ける。

「ただいま！」

寝ていたら起きてきてほしい一心でいつになく大きな声を出したのに、古い日本家屋は闇《やみ》に沈んだままひんやりとした静寂で景の願いをのみこんだ。自分の動揺して乱れた呼吸の音だけが聞こえる。

「遼成さん……っ？」

靴を脱ぎ捨てて家中の電気をつけて回る。洗面所、台所、居間、客間、自室、お風呂場、トイレまで。どこにもいない。でも荷物はある。彼がいつも持ち歩いているデジカメも充電器に繋《つな》いだ状態で残っている。戻るつもりで出て行ったきり、そのまま帰ってこなかったみたいに。

ざわりと嫌な感じで体が芯《しん》から震えた。

遼成はここにいない。帰ってない。スタジオから帰ってこなかった。なんで。

力の抜けそうな脚でなんとか襖《ふすま》にもたれて、景は数回深呼吸をする。

落ち着かないと。自分はいま動揺しすぎている。

「……まだ帰ってないだけ、かもしれないし」

呟いた震え声が誰もいない家にやけに大きく響いて、白々しく聞こえてしまう。唇を噛んで景は目を閉じた。

それから、意識してゆっくりと深呼吸する。手の震えが止まるまで何回も。顔が赤くならないように自分を落ち着かせるためにしてきた習慣がこんな風に役立つ日がくるとは思ってなかったけれど、少し落ち着いた。

「あ、携帯……！」

もしかして連絡がきているかも、とおぼつかない手で携帯電話を取り出したものの、何の連絡も入っていなかった。

「……そうだった、携帯持ち歩いてないんだ……」

思い出して肩を落とす。

榎本家に来るとき、遼成は「どうせ景以外とコンタクトとる予定ないし、憶えてない人から連絡がきても対応のしようがないから」と携帯をマンションに置き去りにしたのだ。マンションに帰ってなければ携帯そのものを持っていない。

どうやって連絡をとろう、そもそも彼は無事なんだろうか、といろんなことが同時にぐるぐると頭の中を回ってパニックに陥りかけるけれど、遼成なら連絡なしで恋人が帰ってこなかった場合どうするだろうかと考えたら少し冷静になれた。

「……こんなとこでぐずぐず考えていても、仕方ないよね」

何があったかわからないけれど、とりあえずスタジオに行ってみようと思う。電車を待つ気持ちの余裕などなくタクシーでスタジオKに向かった。

目的地の近くまできて、粉雪のちらつく中、ぴったりと腕を組んで歩いているカップルらしき男女に視線を奪われた。

（遼成さん……と、ララちゃん……!?）

目深《まぶか》にかぶった帽子と眼鏡で簡単に変装しているけれど、ショーウィンドウの明かりにきらめくハニーブラウンのゆるふわロングヘア、日本人離れしたスタイルは間違いなく人気モデルのララちゃんだ。そして彼女がしっかり腕を絡めているスタイル抜群の長身の男性は、遼成。この一カ月ですっかり見慣れたダウンジャケットは間違いない。

呆然《ぼうぜん》と見守っている間に通り過ぎてしまい、景は慌ててタクシーを止めた。おつりはいいですと慌ただしく料金を精算し、ドアが自動で開くのを待たずに外に出る。

とにかく二人を見失わないようにと車で来た道を走って戻り、角を曲がった。

「！」

数メートル先に遼成とララちゃんの後ろ姿。やっぱり見間違いじゃなかった。

慣れないダッシュで上がってしまった息を整えながら景は二人を眺める。動揺がひどくてまだ声はかけられない。

横顔の遼成は一見落ち着いているものの、かなり戸惑っているみたいだ。そんな彼を大きな瞳で見上げているララちゃんのソプラノが風に乗って耳に届いた。

「ホントに病院に行かなくていいの、リョーセイ？」

「ん……ちょっと信じらんないだけ。一カ月記憶が飛んでるとかマジか、って」

大きく心臓が跳ねた。

やっぱり彼は記憶を取り戻している。その代わりに景と過ごした時間がすっぽりと抜けている。胸を殴られたようなショック。

息もできずにいると、数メートル後ろにいる景に気付くことなく首をかしげた遼成が美女に問いかけた。

「ていうかさ、本当にララちゃんと俺って付き合うようになったの？」

「本当だよ〜。もうリョーセイってば忘れちゃうなんてひどいー」

「んー……」

納得しきれない様子の遼成をとっさに呼び止めようとした景の声は、発せられることなく喉の奥で消えた。

何て言えばいい？　ララちゃんは嘘をついてます、あなたの失くしてしまった一カ月を一緒に過ごしたのは本当は俺ですとでも？

本人は何も憶えていないのに。

ララちゃんはきっと「ウソなんかついてないもん」と反駁《はんばく》する。そうしたら記憶のない遼成には景とララちゃんのどっちが嘘をついているかなんてわからず、記憶が一カ月も飛んで戸惑っているところにさらに混乱を上乗せするだけだ。なんといっても景は同性で、もともとただの職場の同僚なのだから。

それに、もしかしたらララちゃんは反駁するどころか「エノちゃん協力して？」といつものように無邪気に耳打ちしてくるかも。ずっと遼成を狙っていることを公言して周りに協力を頼んでいた彼女にとって、自分は協力者になりこそすれライバルになるはずがない存在なのだから。

彼女の頼みを断ることが自分にできるだろうか。ずっと遼成を好きだったという彼女の嘘を暴けるだろうか。景のことを恋人だとはもはや思ってもいない人に、自分が恋人だったと主張するためだけに。

——無理だ。

いつしか足が止まっていた。ララちゃんに腕を引かれた遼成がだんだん遠ざかってゆく。呼び止めたい。だけど呼び止めてどうする？　でもこのままだと遼成は行ってしまう。彼と一カ月を過ごしたのはララちゃんだと信じてしまう。

だけど、だけど、だけど。

ふいに景は目を瞬いた。

ショーウィンドウの光に照らされた美男美女。彼らを縁取るように街路樹のイルミネーションがきらめいている。夜空からは音もなくひらひらと舞い落ちる粉雪。

華やかな二人は美しく完璧な恋人同士のようで、ロマンティックな冬の街がよく似合った。まるで一枚の写真のように。自分なんかが邪魔をしてはいけないみたいに。

でもその人は、俺のなのに。

心の中で叫ぶ自分がいるけれど、体は動かなかった。

動揺、不安、焦燥、混乱。あらゆる感情が渦巻いていて心も体も追いつかない。ただ目の奥が熱くなって視界が滲み、潤んでゆがんでゆく。

どうしたらいいのかわからない。声も出せない。

（……遼成さん、フラグ、回収してるじゃないですか……）

朝は笑い飛ばしたくせに、と責めることさえもうできない。彼にそんな記憶はないのだから。

小雪のちらつく中、だんだん遠ざかってゆく恋人同士にしか見えない二人の背中を景は身動きもできずに見送る。冷たい頬を凍らせるような雫が伝ったことにも気付かずに、ただ見ていることしかできなかった。

【8】

どんなことがあっても朝はまたくる。そうして一日一日が積み重なってゆく。

失意のうちに週が明けて二日目、火曜日は景にとってスタジオKでの仕事始めだ。

マスクをしたまま事務所のスライドドアを開けると、カメラを収めている防湿棚に背中をもたれさせてコーヒーを飲んでいた長身の美形がこっちを向いた。

「あ、あけましておめでとう、えのちゃん」

にっこりしての新年の挨拶に息が止まる。「景」ではなく「えのちゃん」と呼ぶ彼は、やはり榎本家で過ごした一カ月などまったく憶えていないのだ。

もう「遼成さん」とは呼べない。彼は出向先のスタジオKの代表で、超人気フォトグラファーの「久瀬《くぜ》さん」。恋人ではなく、ただの職場の知り合い。

喉に重たいものが詰まっているような感覚をなんとか飲み下して、景はぎこちない会釈《えしゃく》と共に挨拶を返した。

「あけましておめでとうございます、久瀬さん」

「あれ、もしかして風邪？」

自らの口許を指で示して首をかしげる彼に、マスクのことを聞かれてるのだとわかった景は瞳をそらして答える。

「……少し、調子が悪くて」

「あらまあ大丈夫ですか？　ショウガ湯でもご用意しましょうか」

奥からひょこりと姿をのぞかせたかの子さんがはりきって貰い出しに出ようとするのを慌てて止めて、新年の挨拶に持ちこんでごまかした。本当は風邪などひいていないから。

調子が悪いのは喉じゃない。顔の表情をつくる筋肉だ。

久瀬が景の恋人としての記憶を失くした日——彼とララちゃんの背中を見送った雪の夜から、景の表情筋は以前にも増してうまく動かなくなった。動くことを放棄しているとしか思えない無力ぶりで、なんとか笑おうとしても苦しそうな顔になってしまう。あまりにも下手くそな表情にスプリンセの同僚たちに心配されてしまった景は、マスクで顔を隠すことにしたのだ。

（一月でよかった……）

冬場だからこそ通勤時以外のマスク姿も自然に受け入れてもらえる。春も花粉症の人とかいるからきっと大丈夫。夏になるまでに回復できればいい。——回復できるかどうかは、自分でもわからないけれど。

自分がどうしたらいいのか、景はいまだにわからないでいる。

どうしたいのかはわかっている。久瀬に本当のことを伝えたい。でもそれに意味があるのか、正しいことなのか。自己満足のためにみんなを不幸にするだけなんじゃないか。

先週末からずっと考えているけれど、いまだ結論は出ないままだ。

「そういえばえのちゃん、遼成さんのびっくりニュース聞きました？」

「あっ、ちょっとかの子さん……！」

どことなく困った顔をした久瀬に「いいじゃないですか、せっかくのおめでたいニュースですもの」と明るく返したかの子さんが瞳をきらきらさせて発表する。

「遼成さん、なんとララちゃんと付き合うことになったんですって！　美男美女カップルで目の保養になるわよねえ」

覚悟はしていたけれど、決定打に鋭い刃で胸を切りつけられたような気がした。やっぱりそうなってしまったかというあきらめと、認めたくない抵抗感が入り乱れて苦しい。マスクの下でゆっくりと深呼吸をしてなんとか苦痛に耐える。

顔色の悪い景に気付くことなく、恋バナを愛する永遠の十七歳が詳細を教えてくれた。

「実はね、遼成さんが知らないうちに付き合うことになったらしいのよ。どういうことだかわかります？　なんと遼成さんったら一カ月くらい記憶がないんですって！　びっくりよねえ。わたし、いまだに冗談みたいだわーって思ってるもの」

「そんなの俺の方が思ってるよ。でも実際にまるっと一カ月記憶がタイムスリップしてるんだから、冗談じゃないよねえ」

はあ、と疲れたようにため息をついた久瀬が、「ヘンに脚色されても困るから」と自ら教えてくれた。――景の元から恋人がいなくなった日のことを。

誰かに肩を揺すられて、呼ばれているのを感じた久瀬が目を開けたのはスタジオKの事務所だった。愛用の一眼レフを手して床に倒れていたらしい。

呼びかけていたのはララちゃん。スプリンセと人気モデルが提携しているブランドシリーズの打ち合わせの帰り、スタジオKに電気がついていることに気付いて「リョーセイに会えないかな～」と立ち寄ったところだったという。

「たぶん気を失ってたんだと思うんだけど、なんかすごい頭がぼんやりしてて、頭痛もひどくて、なんで自分がスタジオにいるのか全然わかんないんだよ。いろいろ違和感があるのにそれが何なのかもわかんなくて、とにかく薬でも飲もうと立ち上がったときに電波時計が見えたらその日付がおかしくて」

「おかしかったですか？」

ちゃんと動いている時計に景と同時に目をやったかの子さんが聞くと、久瀬がなんとも言えない苦笑を見せた。

「いや、実際におかしかったのは俺。でもそのときはキツネにつままれたような気分だったんだよねえ。俺の中では十二月の初めなのに、知らないうちに新年迎えちゃって一月六日になってるわけですよ。なんだこれってなるよね。テレビとかパソコンとかで日付チェックしてみてもどれも一月六日で、ララちゃんに確認しても同じ答えが返ってくるしで、ようやくタイムスリップしてるってことに気付いたわけ。いやもう、マジでびびった」

口調は軽くしてあるものの、相当な衝撃だったのは深いため息から伝わってきた。

ともあれ、自分が約一カ月ぶんの記憶を失ってると悟った久瀬はまず「これからどうすべきか」を考えた。彼らしい状況対処力を発揮しようとしたのだ。

「でも頭が痛いわぼんやりしてるわで考えがまとまらなくって、どうしたもんかなーって窓の外を見たらすっかり暗くなってて、雪がちらついていたんだよね。そしたらなんか無性《むしょう》に急いで帰らないとって気分になって」

ほとんど無意識に「帰らなきゃ」と呟いた久瀬は、「どこへ?」というララちゃんの問いに答えられなかった。雲どころか靄《もや》を摑むようなもどかしさと頭痛に苦しむ彼に、ふいにララちゃんがにっこりして言ったのだ。

「うちに帰ろう！　リョーセイが帰る場所はアタシのところだよ！」と。記憶が飛んでいる一カ月の間に自分と久瀬は付き合うようになったと説明したのだ。

「俺としては憶えてないから全然実感ないんだけど、ララちゃんに『せっかく恋人になれたのに記憶が戻ったからって別れるなんてひどい』って言われたらどうしようもないんだよねえ……。寝耳に水すぎて、正直どう扱ったらいいのかもわからないし」

「あらまあ、せっかくあんな可愛い子が恋人になったというのにひどい言い草ですねえ」

「うん、自分でもそう思うけど。でも俺、刺身が好きなんだなーって気付いてからずっと刺身を食べる準備をしてきたのに一方的にグラタンを出された気分なんだよ」

「刺身気分にグラタンはちょっと重いですわねえ」

久瀬のたとえ話もさることながら、のほほんと返しているかの子さんもちょっと変だ。いまいち理解しきれずにいる景を置いて話は進む。

「ララちゃんがスタジオKに来たのは偶然っぽかったし、正直信じらんないなとは思ってるんだけど、とりあえず俺が誰かと付き合ってたのは確かなんだよねえ」

「あら、どうしてわかるんです？」

「体にキスマークが残ってる。たくさんじゃないけど新しいのと古いのが入り混じってるから、がっつり付き合ってたと思う。ついでに言うとキスマークをつけたがる子って俺のこと信じてないみたいでほんとは好きじゃないから、許してたんなら相当惚れてる」

「……！」

さらりと言われた洞察と意見に、彼に所有のしるしを残した犯人として心臓が跳ね上がった。深呼吸をする間もなく顔が赤くなる。

「えのちゃん？」

「いえ、その……」

マスクで隠していても目許が特に染まってしまう体質だし、久瀬の観察眼は眼鏡ごときで防げない。瞳を泳がせているとおっとりした声に救われた。

「いやですねえ、えのちゃんは綺麗好きゆえにピュアなんですから、あまり生々しいお話を聞かせちゃ駄目ですよ。あ、でもとうとうえのちゃんにも春がきたみたいですよ」

うふふ、とうれしそうに笑ってのかの子さんの報告に、久瀬がわずかに眉根を寄せた。

「……春がきたって、恋人ができたってこと？」

「みたいですよ。クリスマスを一緒に過ごしたみたいですし」

口止めする間もなくにこにこと暴露される。そんな風に言われたら彼女ができたと誤解されてもおかしくないのに……と内心でおろおろする景をじっと見ていた久瀬が、小さく吐息をついた。

「……そっか。おめでとう、えのちゃん」

やさしい声にとどめを刺されたような気がして、返事もできずに景は頷く。

もう言えない。恋人ができたと知っても祝福してくれるひとに、本当はあなたが俺の恋人でしたなんて。

（……ていうか、ずっと久瀬さんを好きだと言っていた女の子が目の前に転がってきたチャンスを嘘で活かしたからって、暴露しようと思ってること自体あさましいよね……）

あきらめたことで自分を客観的に見た景は自己嫌悪に陥る。

記憶がなくなっている久瀬にとっては、ララちゃんだろうが景だろうが「寝耳に水」の恋人に変わりはない。それなのにララちゃんの嘘をわざわざ暴くのは自分が彼に真実を知ってほしいというだけの理由だ。

でもそれで、誰が幸せになれるだろう。

ララちゃんと自分をわざわざ並べてみなくても、普通に考えて男が選びたいのは彼女だということくらい景にだってわかる。完璧な美貌《びぼう》とスタイルの持ち主、明るくて素直なララちゃんなら誰もがうらやむ「彼女」になるのは間違いない。確かに久瀬に嘘をついたけれど、景だって同じ状況になったら久瀬のことが欲しくて同じことをしてしまうと思う。

相手を理解できなければ平気で責めることができるけれど、なまじ人の気持ちに思いをやれてしまう景には自分を棚上げして彼女を責めるなんてできなかった。

（それに……遼成さんが俺のことを好きだって言ってくれてたのって、ナイチンゲール症候群ってやつだったのかもしれないし）

この数日、いろいろと考えているうちに思いついてしまった考えは悲しいけれど真実味がある。

記憶喪失とは思えないくらいに彼は最初から落ち着いて見えたけれど、実際には大海に浮かぶ木の葉のように心もとなかったはず。本人もそう言っていたし。

そんな不安な中で最初に知り合いであるとわかったのが景だ。しかも記憶喪失の間、本人の意向とはいえもともとの彼を知る存在はずっと景しかいなかった。

刷り込みによる錯覚。

あのとき最初に会ったのが景ではなくララちゃんだったら、久瀬は彼女を好きになっていただろう。今回のララちゃんの嘘は現実になっていたかもしれない。

きりきりと痛むような胸を無意識に押さえて、景はそう思う。

(それなら……)

ララちゃんの嘘を暴いたりしないで、黙っている方がいい。久瀬が榎本家にいたことを明かしたところで幸せになれる人なんて誰もいないのだから。

沈んだ気持ちを少しでも忘れたくて、景は仕事に没頭した。必要以上のスピードであらゆる業務をこなし、経理以外の雑務も進んで引き受ける。

郵便物の仕分けをしていたら、急ぎで返事をした方がよさそうな招待状が見つかった。

「りょ……」

うっかり「遼成さん」と呼びかけそうになったもののすんでのところで口を閉じ、苦しい胸で深呼吸をする。気を取り直して、ネガフィルムをチェックしている最中の久瀬に声をかけた。

「久瀬さん、スプリンセから新年会のインビテーションがきていますが行かれますか」

「いつ？」

「明後日《あさって》です」

「あー……その日はまるっとロケで無理だ、行けないって春姫《はるひ》さんには言っとく。代わりに何か送る手配とか頼める？」

「わかりました。かの子さんと相談してみます」

「ありがと、景」

何気なく頷きかけて、はっとして彼を見る。久瀬も驚いた表情で手を止めていた。

「……いや、えのちゃん、だった。ごめんね、なんかうっかりした」

「いえ……」

戸惑った様子の彼から視線をそらして返したものの、胸の中が乱れる。

言ってしまいたい。あなたは俺のことをずっと「景」って呼んでたんですよ、記憶を失っていたときに恋人だったのは本当はララちゃんじゃなくて俺だったんですよ、と。

「えのちゃん？」

怪訝そうな呼びかけに、波立った胸のうちが冷たく沈んでいった。

「……すみません、今日は調子が悪くて」

また胸がしくりと痛む。もううっかり「すみません」を口にしてもカウントされることはないのだ。

心配そうに眉を曇らせた久瀬が「体調が悪いなら早めに帰ってもいいからね」といたわってくれるのに、マスクの下で下手くそな笑顔をつくるのに失敗しながら頷いた。

彼はやさしい。以前と何も変わりなく。

目の前にいる美貌のフォトグラファーは記憶喪失になる前と同じ久瀬だ。だけど、景の恋人だったひとじゃない。恋人は消えてしまった。久瀬が失った一カ月と共に。

(俺も、気持ちを切り替えないと)

いま一緒にいる久瀬遼成は、恋人と同一人物だけど別人なのだ。

別人に、恋人に戻ってほしいと願うことなどできはしない。


週二のスタジオK通いの二回め、金曜日の夜。

「つかれたー……」

コンビニの袋をこたつの上に置いた景は、スーツ姿のままその場に崩れるように座りこむ。手洗いとうがいだけはすませたけれど、もう部屋着に着替える元気もない。心身ともにぼろ雑巾《ぞうきん》状態。仕事はそこまで忙しくない。でも、精神的ダメージが大きい。

特に今日はスタジオKに撮影でララちゃんが来たから。

「見てるだけでこんなに苦しくなるとか、もう嫌だ……」

魂ごと抜け出てしまいそうなため息混じりの本音。

ララちゃんは相変わらず綺麗だった。久瀬と並んでいる姿が本当にお似合いだった。

すぐに撮影が始まったから二人が一緒にいる姿はほとんど見なくてすんだのに、スタジオのドアの向こう、幸せなララちゃんが振りまく魅力を恋人として久瀬がフィルムに写しとっているのかと思うだけで胸の奥が焼けた。あきらめるべきだと思っていてもどうしようもなく苦しくなる。嫉妬なんてしたくないのに。

（そういえば俺、嫉妬なんてしたことなかったな……）

ようやくストーブをつけて、ゆっくりと火と熱が広がってゆくのを眺めながら景は気付く。

かつて潔癖気味ゆえにキス止まりで傷つけてしまった彼女に対して、こんな心がちぎれるような痛みを感じたことはなかった。ほかの子より確かに好きだったけれど、まだタガが外れる前の段階だったのだといまにして思う。衛生的なあれこれを気にする冷静さが十分に残っていたからこそ、キスまでが限界だった。

でも遼成は違う。いつの間にかタガがゆるめられ、気持ちを留めていられないほどに本気で好きになっていた。だからいまこんなに苦しい。

「……駄目だ、もう忘れなきゃ」

大きく息をついて、簡単な夕飯の支度にかかった。

作る気力がないせいでこのところずっとコンビニおにぎりとカップの味噌汁《みそしる》だ。台所に立つことはできない。鼻歌混じりに立っていた恋人を思い出すのが耐えられないから。食器棚さえ開けられない。クリスマスに増えたばかりのご飯茶碗とお箸を目にするだけで、二度と使われることがないのを思って何も喉を通らなくなるから。

だから居間で、にぎやかなテレビで気持ちをごまかして自分で決めたノルマをなんとか流しこむ。以前と同じ組み合わせなのに、恋人の温かくて美味しい手作りの食事に慣れてしまった身には食べるのがつらいほど味気ない。でも、倒れないためだけにカロリーをとる。

無意識の習慣で「ごちそうさま」と呟いたとたん、ごちそうさま、をにっこりして唱和する人の不在を意識しそうになった。慌てて片付けに立ち上がる。

焦っていたせいかコタツ布団に足をとられて転んでしまった。棚に手がぶつかって、封筒の上にきちんと重ねて置いていた紙の束が大きな紙吹雪のように散らばる。

今日は酔ってないのに、と自分に苦笑しながら一枚を手に取ったら、視界が潤んで揺らいでいた。

「あれ……、やだな、なんで……」

眼鏡をはずして目許を拭《ぬぐ》うけれど、カシャリとシャッターをきる空耳が聞こえて涙腺《るいせん》が決壊した。

忘れられるわけがない。嫉妬せずにいられるわけがない。

初めて本気で好きになった人だ。ずっと前から好きで、叶わなくてもいいから好きで、彼の本質に触れるほどもっともっと好きになった。あんな人は他にいない。わがままだと知りながら、彼の記憶が戻らずに一生側にいてくれたらと願うほど大切な人だったのに。

拭う端《はし》からぼろぼろと零れる涙で崩れる視界一面に広がるのは、裏に手書きで「なんでもしてあげる券」と書かれた美しい写真たち。

「……なんでもしてくれるんなら、」

――俺のこと、思い出して。他にはもう何ひとつ望まないから。

叶わない願いは涙にのまれて、声にすらならない。

いつか忘れられる日がきてもいいなんて覚悟したつもりだったけど、あんなの嘘だ。忘れられたくなかった。ずっと一緒にいたかった。

景の零した涙さえ、惜しむように舐めて愛おしんでくれた人。その人にはもう、この世界中どこに行っても会えない。久瀬は会える距離にいるのに、景のものだった彼は自分の記憶の中にしか存在しないなんて。

溢《あふ》れる感情が抑えきれなくて、景は本気で泣いた。物心がついてから声を出して泣くなんて初めてだった。

泣いても泣いても涙が止まらなかった。この家は駄目だ。家中に失った恋人の気配が色濃く残っている。

出迎えて頰を温めてくれた玄関、二人で花を植えた庭、うがいや歯磨きの後にしょっちゅうキスされた洗面所、鼻歌混じりに立っていた台所、一緒にたくさんの時間をすごした居間、腕に抱かれて眠った景の部屋。

どこにも逃げ場なんかない。すべてが愛おしくて、哀しくて、苦しい。

号泣で体力を奪われるにつれ、ありがたいことに思考力がなくなっていった。泣くことに没頭する。大切な人を思い出さなくていいように。愛しい思い出を洗い流して、胸の痛みをやわらげるように。

そのうち疲れ果てて泣くことさえできなくなり、ようやく大きく息をついた景はぐったりと体を起こした。泣きすぎて頭が痛い。

眼鏡をはずしているせいで、潤んだ瞳に映るものすべての輪郭がぼやけていた。

大切だと本能的に感じるものに半ば無意識に手を伸ばしてみたものの、畳の上に散らばった写真たちはゆらゆらととけあっている。ところどころ天井の明かりを反射してきらめいている、たくさんの色。

(海の中みたい……)

泣き疲れてぼんやりした頭でそんなことを思った脳裏に、ふと人魚姫の童話がよぎった。

子どものころ、どうして人魚姫は王子に本当は自分が助けたのだと筆談なりで知らせないのかと思っていたけれど、いまならわかる気がする。

自分のことだけ考えていたら、きっと何も遠慮せずに言えるのだ。でも、住む世界が違う王子と同じ世界で生きられる人、自分よりも王子にふさわしい姫君とうまくいきそうだったら、自分のためだけに真実を明かすなんてできない。

景だって、どんなに胸が痛んでもやはり言えない。

何も知らない久瀬にとって、真実よりも幸福な嘘があるならそれが本当になった方がいい。自分が口を閉ざすことで好きな人が幸せになれるのなら、苦しみを選んでしまうのもわかる。

はれぼったい目許をティッシュで拭って、何度か深呼吸をしてから眼鏡を顔に戻した。一枚ずつ大切なプレゼントの写真を拾う。

「……やっぱり、遼成さんの記憶が戻ってよかった」

美しい写真たちを拾いながら、自分に言い聞かせるように呟く。

景は久瀬遼成の目を通して見る世界が好きだ。彼の人気ぶりを見れば、他にもたくさん好きな人がいるのも明白だ。

一緒に過ごした愛しい日々を彼が忘れてしまったのはつらいけれど、「まばたきをするくらいに写真を撮るのが自然」と言っていた久瀬がこれからもプロのフォトグラファーでいられるなら、これでよかったと思える。……まだ本心からは思えなくても、自分にそう言い聞かせることができる。

裏返っていた最後の一枚を表に返して、手が止まった。

自信作だから一枚だけプリントアウトしたという、景の姿。仕事に向かうのを見送りながら遼成がシャッターをきったもの。

すうっと頬を雫が伝った。さっきあんなに泣いて、もう涙なんて涸《か》れ果てたと思ったのにまた溢れてきている。

見ているだけでつらくなるのに、幸せで、愛おしい写真だった。

いってきます、と言ったばかりらしい景は写真を撮られることにまだ慣れてなくて、少し困り顔ではにかんでいる。それでも撮る人への愛情や信頼が感じられる幸せに満ちた表情で、写っているのが自分だなんて思えないくらいに綺麗だった。やわらかな冬の朝の光、流れる白い息、清澄《せいちょう》な空気、出かけてゆく恋人。

綺麗だね、いってらっしゃい、大好きだよ、早く帰っておいで、愛してる。——いつも恋人が低くて甘い声で囁いてくれた言葉たちが、聞こえてくるような気がした。

一瞬で切り取った写真で、自らの顔も写していないのに、こんなにも愛情を伝えてしまうことができるなんて彼はずるい。

これほどの才能を見せつけられたら、フォトグラファーに戻れたことを喜ぶしかなくなってしまう。

景を忘れたくて忘れたんじゃないとわかるから、責めることさえできなくなってしまう。

ファインダーをのぞきながら「景」といたずらっぽく呼びかける恋人の面影に重なるよう

に、「えのちゃん」と呼び直した久瀬の声が胸を貫いた。

うぐ、と喉が鳴る。自分をこんな風に見てくれた恋人はもういない。この世界のどこに行っても、もう二度と会えない。

苦しい。悲しい。痛い。…………だけど。

恋愛不適合者だと思っていた自分を、こんなにも愛してくれたひとがいた。本当に大切に慈《いつく》しんでもらった。自分も本気で人を愛せると知ることができた。

人より時間がかかっても、相手に負担を強《し》いてしまうとしても、景はちゃんと人を愛することができる。関係を深めることができる。景の記憶にしかもう存在していないけれど、恋人はそれを証明してくれた。

それだけでも、十分だ。

大きく息をついた景は頬を濡らす涙をゆっくりと手で拭って、最後の一枚を他の写真に丁寧に重ねた。

それから、思い出ごと閉じこめるように大切に封筒に仕舞った。

【9】

翌日の土曜日はまさに小春日和《びより》だった。

気持ちよく晴れた薄青の空の下、恋人と植えたパンジーや水仙の一部はもう咲いていて冬の庭を彩っている。せっかく遼成が綺麗にしてくれた状態をできるだけキープしようと、景は軍手をはめて庭仕事中だ。商店街の花屋の主人に教えてもらったチューリップの球根を植えている。

土いじりはまだ「好き」と言えるほど慣れていない。でも、やってみようという気持ちを持てるくらいにはなった。

植え付け作業が一段落して草取りをしていると、玄関の方に来客の気配があった。家の中からチャイムが漏れ聞こえる。

（新聞の勧誘かな……）

訪問販売だったら居留守を使おう、なんて思いつつ足音を忍ばせて庭を横切り、玄関先をうかがった。直後、息が止まる。

立っていたのは見慣れた長身の美形だ。モデルのようなフォトグラファーで、一カ月だけこの家の住人だったひと。

一瞬胸の中が乱れたものの、興味深そうに古民家を眺めている美形の表情で我に返った。彼にとってこの家への訪問は初めてなのだ。実際は暮らしたこともあるけれど、久瀬の記憶にはない。

しくりと胸が痛むのを無視して、深呼吸をして気持ちを落ち着けてから景は声をかける。

「こんにちは、久瀬さん。何かあったんですか？」

こっちを振り向いた久瀬が、頷いてじっと見つめてきた。いつになく真剣な眼差しはどこか緊張を湛えていて、見慣れない表情に妙に不安を煽られる。

「あの……？」

戸惑った声に重なるように、彼が低い声を発した。

「なんで俺の恋人だって言ってこないの、景」

「……っ思い出したんですか⁉」

大きく目を見開いて返すなり、彼がなんとも名状しがたい表情を見せた。小さく吐息をついて、いつもの口調に戻って呟く。

「やっぱり記憶がない間に俺の恋人だったの、えのちゃんだったんだ」

「え……」

数回まばたきをして、景は気付く。彼は記憶喪失だったときのことを思い出したわけじゃない。鎌をかけられたのだ。

なんで、という疑問と、どうしよう、という動揺で頭の中が真っ白になる。おろおろと瞳を泳がせている景に久瀬がストレートに確認してきた。

「俺の記憶がスキップしてる期間に付き合ってたのって、本当はえのちゃんだよね？　俺にキスマークつけてたのもえのちゃんでしょう？」

「……っ」

深呼吸で気持ちを落ち着かせる間もなく、ぶわ、と顔が赤くなる。答えなくてもその姿で彼は完全に確信を持ってしまったようだった。

「話がしたいんだけど」

一歩こっちに大きく踏み出しての低い声に、ひやりと背筋が震える。いつもやさしくて朗《ほが》らかな久瀬らしくない、真剣な口調。

動揺しているせいで断ることなど思いつきもせずに景は久瀬を家に上げた。

習慣的に手洗い、うがいのために洗面所に寄ると、当然のように久瀬もついてきた。ごく自然に二人で順に水を使ってから、景は目を瞬く。

目を上げると、なんだかおもしろがっているような久瀬の表情。

「いつもこうしてた？」

戸惑いながらも頷くと、彼が周りを見回した。

「見覚えないのに、なんかあちこちすごい懐かしい感じがする。俺、この家好きだったんだろうねえ」

感慨深そうにしている彼は不機嫌ではない。むしろちょっとご機嫌かも。

不思議な気分で居間に通して、とりあえず台所でお茶を淹《い》れた。戻ると、久瀬は黒松の盆栽を熱心に眺めている。

「これ、格好いいねえ」

「……ありがとうございます」

記憶喪失になっていたときに「好みは変わらないみたいだ」と言っていたけれど、本当にそうらしい。この黒松を見たとき、彼はまったく同じような反応を示していた。

「それで、話って……」

黒松の他にも畳や襖、縁側などに興味津々らしくあちこちに目をやっている久瀬におそるおそる水を向けてみると、すっと視線が戻ってきた。正座している体を無意識に緊張させるけれど、久瀬はゆったりとした口調で聞いてくる。

「俺よりもえのちゃんの方から何かあるんじゃないの？」

「え……？」

「ララちゃんの嘘について、とか」

思わず息を呑むけれど、さっきの「付き合ってたのは本当はえのちゃんだよね?」という確認から考えれば彼が気付いているのは当然だ。

「……どうして、ララちゃんが嘘をついてるって気付かれたんですか」

動揺しながらもいちばんの疑問を口にすると、あっさりと答えられた。

「俺の好みと状況証拠。記憶が戻ったばかりのときは混乱しててララちゃんの言っていることが嘘か本当か判断しきれなかったんだけど、あやしいなとは感じてたんだよね。だって俺、本当にララちゃんに興味がないからねえ」

あまりにも歯に衣《きぬ》を着せない言い方にぽかんとすると、久瀬が苦笑した。

「もちろんフォトジェニックで綺麗な子だなとは思ってるけど、そこは本当にモデルさんとしての評価なんだよね。わかりやすい素直さが妹みたいに可愛いとは思ってるけど、ずっと据え膳《ぜん》状態で迫られてても食指が動かなかった相手なのに急に恋愛対象になるなんて信じられないよねえ。俺にとってララちゃんを恋人にするのは、この盆栽を恋人にするのと同じくらいありえない感覚だし」

「はあ……」

思わずため息のような間の抜けた返事をしてしまう。黒松と同レベルということは、要するに被写体として高評価でもそれ以上の興味が本当にないのだ。

「でもまあ全然憶えてない期間のことだし、世の中には絶対ないって言い切れることなんてほとんどないって俺は思ってるから、『違う』って確信が持てるまで一旦受け入れてみることにしたんだ。情報を集めないと判断のしようもないしね」

なんとも彼らしいスタンスだ。

憶えていないから恋人らしいことはできないけど、と断りを入れたうえで「それでもいい」というララちゃんを『彼女』としてとりあえず久瀬は受け入れた。それから数日後、熱心に誘うララちゃんのマンションに寄ったときに彼は明らかな矛盾に気付いたのだという。

「ララちゃんとこ、俺の荷物がなんにもなかったんだよね。かといって俺の部屋にも生活してた痕跡《こんせき》が全然ないんだよ。冷蔵庫やゴミ箱が空っぽだし、洗濯物も溜まってないし」

相変わらず鋭い観察眼。状況証拠で記憶がスキップしている期間の恋人は他にいると確信を得た久瀬は、ララちゃんと別れるための話し合いを持った。

根が素直なこともあって、嘘を看破されたララちゃんはあっさり白状したらしい。

「ウソついいてでも彼女になれたらいいって思ってたけど、一緒にいてもリョーセイってゼンゼンこっち見てくれないよね。アタシのことホントになんとも思ってないのがわかっちゃったら、なんかムリだった」と肩を落として、それから「アタシだってホントはリョーセイのことそんなに好きじゃなかったもん。勝手にどっかで幸せになっちゃえばいいよ！」と泣き笑いで失恋を受け入れた。それが昨日の夜のこと。

「ララちゃんの嘘がわかってひとつの問題が解決したところで、俺の中では本当の恋人は誰だったのかっていう謎が残るよね。すごい気になるんだけど憶えてないし、うちに痕跡とか残ってるわけでもない。なんとなくえのちゃんのような気はしてたんだけど」

「っなん、で……⁉」

あまりにもさらりと言われた言葉に眼鏡の奥の瞳を大きく見開くと、彼が軽く首をかしげる。

「勘と手続き記憶？」

「は……？」

「勘はほんとに勘で、なんていうかな……えのちゃんを見るたびに胸にくるものが前より大きくなってて、俺もうどうしようもなくこの子のこと好きだなーって感じるわけ。綺麗好きなえのちゃんに触れないのは当たり前だと思ってきたのに、触れないのがなんかすごいしんどくて、触りたいなあ、抱きしめたいなあって苦しいくらいに思うんだよ。かの子さんがえのちゃんに春がきたって教えてくれたときも、せっかくの幸せを祝ってやれないような情けない真似だけはしたくなくて『おめでとう』って言ったのに、一瞬泣きそうに見えたのも気になってた。確かな証拠はないんだけど、そうだったらいいなっていう希望も含めて本当はえのちゃんが恋人だったんじゃないかなあって」

信じられなくて何度もまばたきしている景に少し笑って、久瀬が続ける。

「で、勘よりも根拠になったのが手続き記憶。手続き記憶ってのは意識してないのにやっちゃう仕草とかを言うんだけど、俺、今年になってから何回かえのちゃんのこと『景』って呼んだでしょ？　いままでずっと『えのちゃん』って呼んでたのに『景』って口をついて出るなんて突然すぎるし、記憶が戻ってからやたらと手洗い、うがい、歯磨きが気になるんだよねえ。掃除も細かいところまで気をつけるようになってるし、リモコンとかもきちんと並べて置いちゃってるし。これって綺麗好きで几帳面《きちょうめん》な恋人に俺なりにせいいっぱい合わせてるうちに癖になったんだと思うんだけど、どうかな？」

「……！」

じわじわと顔が熱くなってくるのを感じながら、景は動揺の滲む小声で答える。

「……無理して合わせてくださっている風には、見えませんでした」

「好きな子のためだし、たぶん無理はしてなかったと思うけど」

好きな子、なんてストレートに言われて心臓が跳ねる。どぎまぎと目をそらすとすぐに飛んできた声で止められた。

「えのちゃん、こっち見て」

「は、はい」

とっさに従うと、久瀬の表情は笑みを湛えていなかった。見たこともないくらいに真剣な表情はどことなく不穏《ふおん》で、鼓動が速くなる。

「……俺が何も気付かなかったら、このまま放っておくつもりだったの？」

責めるような低い問いかけに、思わず瞳を伏せてしまった。彼がため息をつく。

「えのちゃん……いや、もう景って呼ぶね。そっちのがなんかしっくりくるし。景は俺が知る中でも特に繊細だから、ララちゃんのことを気遣って彼女の嘘をバラそうとしなかったんだろうし、同性より可愛い女の子の方が俺にとっていいだろうとか思って身を引くことにしたんだろうなってことは想像がつくよ。そういう繊細さやけなげさって俺としてはすごいツボだけど、正直、簡単にあきらめられたのはショックだ」

「ち、違います……！」

本気で沈んだ彼の声にとっさに否定が飛び出した。あまり信じてなさそうな顔で見返されて、景はもう一度否定する。

「本当に、違いますから。あきらめようと思ったのにあきらめられませんでした。こんなことを言ったら久瀬さんは引いてしまうかもしれないんですが……」

言おうとして勇気が萎《な》え、語尾が消えてしまった景に逆に興味を惹《ひ》かれたように彼が軽く首をかしげる。

「なに？　引かないから言って？」

数回深呼吸をして、根気よく待っている久瀬に景は打ち明けた。

「来週、火曜日にスタジオKに行ったら久瀬さんに告白するつもりでした」

「お、ララちゃんの嘘をバラす気だった？」

意外そうに眉を上げた彼の誤解に慌ててかぶりを振る。

「いえ……っ、ただ俺があなたを好きだって伝えるつもりだったんです。付き合っている女性がいる人には迷惑かもしれないって思ったんですけど、気持ちだけでも知ってってもらいたくて……」

綺麗な言い方で本心をごまかそうとしている自分に気付いて途中で言いよどむと、「ん？」と甘くて低い声が促す。引かれるかも、と不安でいっぱいな気持ちをなんとか振り切って、景はもう一度気力をかき集めて一息に白状した。

「本当は、久瀬さんが撮ってくれた俺の写真を見てすごく愛してもらってたんだって実感して、こんなに俺のことを好きになってくれた人ならがんばったらもう一度好きになってくれるかもしれないって思ったんです……！　すみません、ただ気持ちを知ってってもらいたいだけなんて言って俺はずるいですよね。本当はあなたに少しでも意識してもらいたくて、できることならいつかまた好きになってもらえるようにものすごくがんばる気でした！」

あきらめきれないからって恋人のいる人に横恋慕するようなのは最低だ、という自己嫌悪もあって真っ赤になってうつむいていると、どこか楽しげな笑みを含んだ声で追及される。

「がんばるって、具体的にはどんな？」

「え……、ええと、自分から話しかけたりとか、ごはんに誘ってみたりとか……？」

「他には？」

とっさに何も思いつかずに眉根が寄ってしまう。恋人によく撫でられていたことを思い出して意識して眉間を開いた景は、自信なげに追加項目を挙げた。

「触ってみたり……？」

「どこを」

「どこって……手とか……？」

いちばん触る機会の多そうなパーツを口にするなり噴き出されてしまった。

「横恋慕の誘惑にしちゃ、どれも友達同士でもアリな範囲だよねえ」

「あ……そうですよね」

もともと恋愛経験に乏《とぼ》しいうえに潔癖気味なせいで、どうやって誘惑したらいいかもわかっていないという恋愛オンチぶりを思いがけずに暴露してしまった。

眉を下げる景とは対照的に久瀬はうれしそうに瞳をやわらげる。

「でも、気持ちは伝わったよ。景、ちゃんと俺のこと好きなんだねえ」

「……っそうです」

確認にじわりと顔が熱くなるのを感じながらも頷いて、思いきって顔を上げた。

「ララちゃんと別れたんでしたら、これから俺は遠慮なく久瀬さんを口説いていいんですよね」

「もちろん。ていうか口説かれるまでもないけどねえ」

ふふっと笑っての言葉に怪訝な顔をすると、彼の笑みが顔全体に広がる。

「さっきからけっこうストレートに言ってるつもりなんだけど、まだよくわかんない？　俺は記憶喪失になる前からずっと景のことを好きだったんだよ。ほとんど一目惚れ」

「……うそ……？」

「本当」

あまりにも意外すぎて信じられないのに、久瀬はくすりと笑って初めて景を見かけたときの印象を教えてくれる。

「すごく好みのフォルムの後ろ姿だなーって思ってたら、振り返ってもどストライクなんだもん。いいなあこの子って自分でもよくわからないくらいに惹かれてるのに、クール美人な見た目によらず天然だし、白い肌が染まると綺麗で色っぽくなるしですごい胸にきた。恋に落ちるってこういうことかって初めて実感した」

「そ、そんな風には見えなかったですが……」

「景はにぶいからねえ。春姫さんには即バレだったよ」

さくっと言いきられて眉が下がると、笑った彼がやさしい声で言い換えた。

「ごめん、訂正させて？　にぶいんじゃなくて恋の駆け引きに慣れてなくて純粋なんだよね。景、俺に何されても本気にしないようにしてたでしょう？」

「……はい」

だって相手は天性の人タラシだ。真に受ける方が間違っていると思っていた。

正直な返事に彼が笑う。

「まあ俺も、会った直後に景が人見知りで綺麗好きって春姫さんに忠告されてたから追いつめないように冗談ですむ範囲にセーブしてたしねえ。他の子だったらもっとわかりやすく真っ向勝負で口説くとこだったけど、焦らないでゆっくり距離を詰めていこうって思ってたし」

「すみま……ありがとうございます」

恋人だったときの記憶がないにしろ「景」と呼ぶようになった久瀬に、「不要な謝罪」になりかけたのを景はとっさに言い直す。彼がかぶりを振った。

「お礼を言いたいのはこっちだよ。俺、これまでゆっくり知り合って気持ちを育《はぐく》むっていうタイプの恋愛ってしたことなかったんだ。欲しいなって思ったら大抵望んだタイミングで手に入れることができたし、ズレてもせいぜい数日だったたし」

「……なんかいま、さらっととんでもないこと言いましたね」

呆れた瞳を向けてもにこりときらめく笑みでかわして、天然タラシは話を戻す。

「とにかく、景のおかげで好きな子に時間をかける楽しみを発見したんだよね。もどかしいけどそれも楽しいっていうか、だんだん打ち解けてくれる姿が可愛いし、他の人より自分が特別になっていく感覚ってすごい喜びがあるよねえ。景が俺の仕事納めの日に待っててくれたときとか、めちゃくちゃうれしくてもう堪んないなあって思ってた。できることならそのままうちに連れて帰ってしまいたいくらいだったよ」

よもやあのときそんなことを考えていたとは。

信じられないけれど久瀬は本当に景を好いてくれていたのだ。落ち着こうと深呼吸をしているのに、うれしすぎてじわじわと頬が熱くなってゆく。

じっとこっちを見ている久瀬が、甘く瞳をやわらげた。

「綺麗に染まるよねえ。見るたびに、なんかすごい胸にくる」

「……ありがとう、ございます……？」

ちょっと困り顔になってしまいながらも返すと、彼がとろけるように破顔した。

「ねえ景、ちょっとハグさせて？」

「い、いまですか？」

「うん。無理？」

「無理じゃ、ないですけど……」

「じゃあお願い。なんかいま、すごい抱きしめたい」

低くて甘い声のお願いに景は逆らえたためしがない。

立ち上がった久瀬の元までためらいがちな足取りで歩いて行くと、ふわりと体を包みこむようなゆるいハグ。じいん、と胸が熱くなる。

いつでも逃げられるように、景を気遣うやさしさに満ちたごく軽い抱擁。初めて彼に抱きしめられたときと同じ。

記憶があってもなくてもやっぱり同じ人なんだなあ、と心の底から実感して、景は自ら残りの距離を詰めた。頭上で少し息を呑んだ気配がする。

「もっと抱いていいの……？」

こくんと頷くと、体にゆるく回っていた腕に少しずつ力が加わってしっかりと抱き寄せられた。ぴたりと合わさる体に鼓動が速くなるけれど、泣きたいくらいの安堵《あんど》も覚える。

深い吐息をついたら、頭上でも同じようなため息。

「あー……やっと落ち着いた」

「おおげさですね」

小さく笑うと、意外なくらい真面目な声が返ってきた。

「これがおおげさじゃないんだよね。スタジオの事務所で目を覚ましてからずっと何か足りない感じがしてて、すごい気になるのにそれが何かわかんなくて落ち着かなかった。俺、景が足りないっていうのが心のどっかでわかってたんだねえ」

「……その発言、天然タラシすぎます」

熱くなった顔を彼の肩口にうずめて呟くと、くすりと笑った久瀬が「隠れてない照れ発見」なんて景の染まった耳に触れる。びくっと肩が震えると、すぐに手を離された。

「ごめん、しっかりハグできたせいで調子に乗ってた」

「いえっ、あの……もう大丈夫なんです、久瀬さんだったら」

「ちょっ、なにその殺し文句……！　ていうかなんだろうこの気持ち……、すごいうれしいのに、なんか地味にもやっとする」

「え、どうしてですか」

「……景はどうしてかわかんない？」

「はあ……」

「じゃあ教えない」

怪訝な瞳を向けても本当に教えてくれる気がないらしく、頭を抱えこむようにしてぎゅっと抱きしめられる。久しぶりの抱擁の幸福感は大きくて、すぐにさっきの疑問が気にならなくなってしまった。

「……景、本当に俺の恋人だったんだねえ。こんなにがっつり触れるようになってるとか」

しみじみと呟いた久瀬がハグの腕をゆるめた。ずれてしまった眼鏡を直してくれたと思ったら、じっと見つめて低く囁く。

「俺、景が大好きだよ」

大きく心臓が跳ねたけれど、奇跡的に自分の元に帰ってきてくれた恋人のために景はちゃんと言葉にして気持ちを返す。

「俺も、大好きです」

「誰を？」

にこりと笑ってのこのくだり、やっぱりやるのかと思わず唇をほころばせてしまいながらも前よりも上手に答えてみせる。

「久瀬さんを、大好きです」

「ほんとに？」

意外な切り返し。戸惑いながらも「本当です」と頷くと、なぜか彼が複雑そうな笑みを浮かべた。

「記憶喪失の間の俺の方が好きだったりしない？」

比べたこともなかったせいで眉をひそめてしまう。するりと眉間を撫でられて、同じ仕草にますます悩んでしまった。

「……わかりません。俺の中では同じ人なので」

「うんまあ、そうだろうけど……」

同意したようなことを言いながらも珍しく歯切れが悪い。戸惑って彼を見上げた景は、どことなくすねたような表情にはたと思いついた。

「もしかして、記憶喪失の間のご自分に嫉妬とかしてます？」

「あー……なんで気付いちゃうかなあ……」

表情を見られたくないのかまた胸に抱きしめられる。そのままの体勢でため息混じりの低い声が響いた。

「……俺ねえ、本当にずっと景を手に入れたかったんだよ。でもいきなり迫って逃げられたくないから一年かけて慎重に距離を詰めてきたのに、知らないうちに記憶喪失になった『俺』に横からかっさらわれた気分なんだよ。自分のことだって頭では理解してても、俺の中にはなんの記憶もないからすごい複雑なんだよねえ」

本当に複雑そうな口調だ。久瀬に悪いと思いながらもそんな姿はちょっと可愛くて、自分のことで嫉妬してくれるのがうれしくて唇がほころんでしまう。

なだめるように景は広い背中をぽんぽんと撫でた。

「記憶喪失になったあなたを俺が恋人として受け入れることができたのは、久瀬さんが一年かけてゆっくり仲よくなってくれたからですよ。病院で会ったときにはもう久瀬さんがどんな人か知ってましたし、……好き、でしたし」

ぱっと体を離して顔をのぞきこまれたけれど、そらさないように懸命に見返す。恥ずかしさを我慢しているせいでじわりと目許が染まってしまうと、ゆっくりと彼の顔に甘い笑みが広がった。

「……そっか。うん、ずっと好きだった景が俺の恋人になってくれるんだもんね。『俺』のことも含めてもう他はどうでもいいや」

相変わらず面と向かってすごいことを言う。照れくささがピークに達して顔をうつむけようとしたのに、即座に捕まえてあおむけさせた久瀬が瞳をきらめかせて低く甘い声で囁く。

「大好きだよ、景。改めて俺の恋人になってくれる？」

「……はい。俺も、久瀬さんを大好きですから」

心から答えるなり、本当にうれしそうにとろけた笑みのまばゆさに今度こそ目がつぶれるかと思った。


数十分後、自室の襖を前にしたお風呂上がりの景は赤い顔で眉を下げていた。

赤いのは長風呂してきたせいだけじゃない。緊張でずっと鼓動が速いのだ。

『いや……？』

甘くねだるような低い声が耳によみがえって、鼓動がもっと速くなる。

改めて恋人になってほしいと言われ、景も同意した。そのあと久瀬らしい気遣いに満ちた甘く幸せなキスを交わした。そこまでは以前とよく似た流れ。

キスをほどいたあと、久瀬が景の肩に顔をうずめて言ったのだ。

「……こんなキスできるくらい俺に慣れてくれてんのってうれしいのに、なんか、すごい悔《くや》しい……。ごめん、俺、自分で思う以上にすごいやきもち焼きみたいだ」

自己嫌悪の口調がなんだかとても可愛くて、愛しくて、景は久瀬の髪を撫でた。

「すみません、妬いてくださるのうれしいです」

「……ほんとに？　呆れない？」

「はい」

「じゃあさ、どこまで触れるようになってるか確認してもいい？」

「は……い？」

きょとんとしたときには畳の上に押し倒されていた。いつもやさしい久瀬の美貌が危険な雰囲気を湛えていてドキリとするものの、これはこれですごく格好いいなあなんてうっかり見とれたのが間違いの元。服の上からとはいえ、あちこち触って確認された。

言葉ではっきり答えなくても、景の反応で彼は的確にどのくらい慣らされたか察してしまう。あらぬところにまで指先で触れられてびくりと身をすくませると、耳元に囁きこむようにして聞かれた。

「ここも弄られた？」

「……っ」

「綺麗好きの景が服の上からとはいえ触られて逃げようとしない時点で、間違いなく慣らされてるよねえ。もう入れられちゃった？」

確信をもって看破してくる彼をごまかそうとするだけ無駄なのがわかって、景は羞恥をこらえて正直に答える。

「……ゆび、だけ……」

「何本?」

「わかんない、です……けど、いっぱい……」

「三本か、もしかしたら四本かあ。でも俺のはまだ?」

真っ赤になって頷くと、染まった頬を撫でた彼がほっとしたように瞳をやわらげた。

「……ん、まあそれなら準備してもらったってことでギリ『俺』のこと許せるかも。あいつには景とのこれからの時間はないわけだしねえ」

あいつとか言ってるけど過去の自分なのに……と戸惑う景に、久瀬が自己嫌悪みたいな淡い苦笑を見せる。

「言ったでしょ、やきもち焼きだって。やっぱり呆れた?」

「いえ……。ちょっとだけびっくりしましたけど」

「格好悪いよねえ。俺もこんなの嫌なんだけど……」

はあ、と困り顔でため息をつく彼はやっぱりなんだか愛おしい。髪質まで天然タラシなのか手触りのいい久瀬の髪を再び撫でてやりながら、景は甘やかしてあげる。

「格好悪くないです。俺、うれしいって言いました」

「……そういうこと言うと危ないよ」

「え」

「まだもらってないぶんまで景のこと欲しがるよ?」

ちらりと間近で向けられた瞳が本気っぽくて、大きく心臓が跳ねた。重なり合っている胸で鼓動が激しくなったのがわかったのか、久瀬が少し笑ってこめかみにキスを落とす。

「……ごめん、ずるいよね。俺は憶えてないのに一緒にいた時間を憶えてる景にそういうこと言うのって、あいつが得た景の愛情に便乗してるようなもんだし」

「でも、どっちも俺の中では同じ久瀬さんです」

思わず返してしまうと、なんとも言えない表情を彼が浮かべた。

「……景は自ら危険を拾いに行っちゃうとこが天然だよねえ。そんな風に言われたら、じゃあ抱くよって言っちゃうけど、いいの？」

「……！」

「いや……？」

耳元で囁いたのは、甘くとろける誘惑の低音。速すぎる鼓動にめまいを覚えているうちに「嫌じゃないです……」と心の声が口から零れてしまった。

潔癖気味の景のために設けられたお風呂タイムで先に久瀬が、続いて景が入浴してきたのだけれど、なまじ時間を置いたせいで冷静さが戻ってしまって襖を開けるのがなんとも恥ずかしい。

とはいえいつまでもこうしているわけにはいかない。景は数回深呼吸をして、思いきって襖に手をかけた。

「失礼します……」

「どうぞー。ってここ、景の部屋でしょ」

笑みを含んだやわらかな声はいつも通り。少し気持ちが楽になる。

久瀬は布団にあぐらで座っていた。身に着けているのは彼がスーツケースごと置いていった衣類の中から下はスウェット、上は前を開けたままのパーカーだ。引き締まった逞しい胸があらわになっていて動悸がひどくなる。

「景、きっちり着こんできたねえ」

「すみません……。こういうとき、どういう格好をしたらいいのかわからなくて」

瞳を伏せる景の格好は、シャツにパンツにカーディガンという普段の部屋着だ。ボタンはすべて留めてある。

「べつに謝るようなことじゃないけど。脱がせるのも楽しみだしね」

「……っ」

「こっちおいで、景。抱きしめさせて」

にっこりする彼はひどく上機嫌で、どうしようもなく照れくさい。深呼吸をしてから久瀬の元に向かう途中で、はっとして景は方向を変えた。

「どうしたの？」

「準備してないものがありましたので」

押し入れから出してきたのはプラスチックの箱だ。中には恋人が景を愛撫するときのために用意した品々——ゼリー付きのゴム、ローション、ボックスティッシュにウェットティッシュ——が整然と入っている。ごみ箱と一緒に景が持ってきた箱の中身に気付いた久瀬が、ぶは、と噴き出した。おもしろがっているというよりは衝撃を受けたっぽい。

「……うん、いや、まあそうだよね……。綺麗好きでいろいろ気になっちゃう景を可愛がるんなら、こういうの用意しないと無理だよね。いまから買いに行く手間が省けたのはうれしいけど……、俺の景がとっくにこういうの使われてたって実感するのってなんか……」

「つ、使ってたのは久瀬さんですよ」

「わかってるよ。でも憶えてないから複雑なんだよねえ……」

「……すみません」

なんだか申し訳ないような気になって肩を落とす景を手招いて、胸に抱き寄せた久瀬が髪を撫でる。

「ごめん、景のせいじゃないから謝らないで。ていうか忘れた俺が悪いよね。いままでは付き合ってる相手の過去の男とか全然気にならなかったのに、景に関してはどうしてもスルーできないみたい。妬いてばかりで本当にごめんね」

「いえ……っ」

自分だけ特別だと言われたら逆にうれしくなってしまうけれど、彼にとっては本当に複雑な気分らしい。

「あーもう……嫉妬とか慣れてないから自分で自分が面倒くさい……。せめて少しでも景の恋人が俺だったんだって実感できてたら違うのかなあ……」

ため息混じりの呟きに、景はあるものの存在を思い出した。

「あの、写真とか見てみます？」

「あるの？」

「はい。データですけど」

彼がいなくなった日以来、部屋の隅でずっと充電器に繋がれたまま放置されていたデジカメ。撮った本人の姿は写ってないけれど彼の見ていた世界は切り取られている。

デジカメを手にした久瀬は、しげしげと眺めて不思議そうに呟いた。

「なんか、持った感じにすごい憶えがある……」

フォトグラファーとしての性《さが》なのか、記憶がなくてもカメラの感覚は体が憶えているらしい。もしかしたらスタジオKで記憶を取り戻したときも長年慣れ親しんだ愛機がきっかけだったのかな、と思いつつ景は説明する。

「一カ月間、久瀬さんが使ってたものです」

「見てもいい？」

頷くと、「景も一緒に」と呼ばれて背中から抱きこまれる。照れくさいのにがっちり腰に

回った腕が逃がしてくれない。

写真データは、記憶喪失中だったにもかかわらずどれもしっかり久瀬らしかった。日常の美しさが独特な構図と感性で切り取られている。

「へえ……、どれも俺が撮ったんだろうなあって自分でもわかるのが不思議。本質的な好みとか興味のあるものってブレないもんなんだねえ。……本当に景の恋人って俺だったんだね。憶えてないけど実感はできてきた」

液晶画面をのぞきこんでのしみじみとした呟きにほっとした矢先、少し不満げな視線が飛んできた。

「ところで景、撮られるの苦手って言ってたわりにかなり撮られてない？」

「あ……、それは記憶が戻るきっかけになるかもしれないって思ったので……」

「途中から撮られるの意識しなくなってるでしょ」

俺には撮らせてくれなかったのに、とでも言いたげな久瀬に困り顔になってしまいながらも景は頷く。

「止めても撮られるので、あきらめているうちに慣れちゃったみたいですね。ていうか、撮ってたのも慣らしたのも久瀬さんですからね」

「そんなこと言われても憶えてないからなー」

呟いて次々にデータをチェックしていた久瀬の手がふいに止まった。目を見開いた景の呼吸も止まる。ぶわ、と全身が赤くなった気がした。

顔だけのアップだけれど、明らかに撮っちゃいけない恋人時間の写真だ。

「いつこんなの撮ったんですか！」

「ごめんだけど憶えてない。ていうか景、撮られたのに憶えてないの？」

にっこり返した久瀬は笑顔なのに妙な迫力。思わず視線を前に戻してしまった。

動揺している脳みそをフル回転させて思い出した心当たりは、お正月。

「今年最初だし記念に撮りたいなあ」なんて布団に入る前に言われたけれど、「絶対に駄目です」ときっぱり断った。でもその夜はいつも以上に時間をかけていろいろされて、頭がまともにはたらかなくなったころに絶頂と引き換えに一枚だけ許可してしまった気がする。気のせいであってほしくて無意識に記憶から抹消していた。

（信じられない……！）

真っ赤になった顔を両手で覆った景を、撮った張本人が追及してくる。

「返事がないってことは本当に憶えてないの？　景は俺に意識を保ってられないくらいのことをされてたんだ？」

「……っ遼成さん！」

恥ずかしい確認をしてくる彼を真っ赤になって呼ぶと、久瀬が目を見開いた。

「景、俺のこと名前で呼んでたの？」

はっとする。うっかり名前呼びしてしまったけれど、記憶喪失のときだけの呼び方は彼を嫌な気持ちにさせてしまうんじゃないだろうか。

「……すみません」

他に何て言ったらいいかわからなくて身をすくめて謝ると、小さく吐息をついた彼にくしゃりとやさしい手で髪を撫でられた。

「いいよ。ていうか俺はずっと景に名前で呼んでほしいって思ってたから、そっちのがいい。記憶喪失だったときの俺が先に呼ばれてるのは正直ちょっと悔しいけど、デジカメの写真見ているうちになんか折り合いついたし」

「え……？」

「記憶喪失だったときの俺も、いまの俺に負けないくらい景のこと好きだったんだなーって気持ちダダ漏れの写真見ているうちにわかったんだよね。意識で認識できてなくてもあのときの『俺』は俺の中にいるわけだし、憶えてないけど丸ごともらっとくことにした」

「久瀬さん……」

「違うね？」

くすりと笑って首をかしげた彼に目を瞬いてから、景は頷いて呼び直す。

「遼成さん」

「うん」

にこりと笑う彼にはっとして口許がほころぶと、久瀬がいたずらっぽく瞳をきらめかせた。

「ていうか、抱いてる最中に『久瀬さん』から『遼成さん』に呼び方が変わったら、うっかりジェラシーで景のこといじめちゃうかもしれないし。危険な芽は摘《つ》んどいた方がいいよね」

「な……っ」

「冗談だよ、半分くらい」

笑って軽いキスをした久瀬の眼差しが、ふいに甘やかな色気を帯びる。

「好きな子と愛し合えるのって、それだけですごくうれしいからね。大事に、やさしく抱いてあげる」

鼓膜からとかしてしまいそうな低くて甘い声にドキリとして瞳を伏せて顔を前に戻したとたん、するりと髪に長い指を差しこまれて鼓動が速くなった。じわりと顔の熱が上がる。

「……綺麗」

吐息混じりの呟きが聞こえたと思ったら、染まった耳朶を甘く噛まれた。薄紅の色が濃くなった貝殻を愛おしむような口の愛撫、響く水音にもドキドキして、ぞくぞくする。

は……と吐息を漏らしたら、髪を撫でていた大きな手が頬を包みこんで顔をやさしく横に向かせた。目が合って胸が鳴るけれど、微笑む美貌に吸い寄せられるような気分でいるうちにしっとりと唇が重なる。

深いキス。甘くてやさしくて、艶《なま》めかしい。

重なり合った唇の間から濡れた音が響くくらい、濃厚に混じり合った。気持ちよくてぼんやりしている頭でも胸元が涼しくなったのに気付いた、その直後。

「ん、ふ……っぅ」

びくっと体が跳ねたのは、すっかり感じやすくなった胸の突起に直接触れられたから。キスの間に久瀬の手は着々と景の服のボタンをはずしていたらしく、気付かないうちに衣服が乱されている。

両胸の感じやすい小さな突起を器用な指先がとがらせるように弄ってきて、痺れるような感覚がそこから全身に渡ってどんどん腰に熱が溜まってゆく。息苦しくなってきたのに彼にはキスをやめる気がないみたいで、声と呼吸を奪われている景の目尻に涙が滲む。

「う……っふ、ん、んく……っ」

いたずらな手を止めたくて力の入らない手を重ねれば、ゆっくりとキスをほどいた久瀬が色っぽく唇を舐めた。

「すごい、いい反応……。景の胸、すっかり俺に仕込まれちゃったんだねえ」

「違……っいます」

耳に囁きこまれる熱を帯びた声にぞくぞくしながらもかぶりを振ると、大きな片手が下に伸びて景の中心を下衣ごと包みこんだ。

「こんなになってるのに？」

「……っ」

ゆるゆると形をなぞるように撫でられているそこは、熱を溜めて完全に形を変えている。キスと胸への愛撫だけでこんなになってしまったのが恥ずかしくて思わず彼の腕から逃げようとしたのに、「どこ行くの」と笑みを含んだ甘い声で呟いた久瀬に逆にしっかり抱き寄せて捕まえられてしまった。そのまま布団の上にうつぶせに押し倒される。

「もうここも触れるんだよね」

「え、ひゃっ、あぁ……っん」

ウエストの隙間からもぐりこんできた手に直《じか》に急所を握りこまれて、びくんと腰を跳ねさせた景の口から高く鼻に抜ける声が漏れた。

かあっと顔を熱くしている間にも久瀬の手は止まってくれない。中心に絡めた長い指でやさしく煽りながら、背中から覆いかぶさって早鐘をうつ胸の先端をもう片方の手で弄ってくる。さらに耳から首筋へとキスでたどる口の愛撫。

短く浅い呼吸で耐えていると、ゆるやかに中心を嬲っていた彼の指が先端をぬるりと撫でた。潤んでいる窪《くぼ》みに指先を少し食いこませるようにして何度もなぞられて、膝が震える。

「ん、ん……っ」

「景、声出していいよ？　ていうか聞かせて？」

「や、です……っ」

「なんで？　声、出した方が楽でしょう」

「は、恥ずかしい、から……」

恋人から愛撫されるとき、景はできるだけがんばって声を出さないようにしてきた。最終的にいつも自分ではどうしようもない状態まで乱れさせられてしまうのがわかっていても、理性が残っている間に遠慮なくあえぎ声をあげるのはハードルが高い。

シーツに突っ伏した赤い顔をなんとか背後に向けての答えに目を見開いた久瀬が、ゆっくりととろけるように破顔した。

「うわー……何それやばい、すっごい可愛い。そんなこと言われたら滾《たぎ》るよねえ」

「た、たぎ……？」

「恥じらってる子をぐずぐずになるまで可愛がって、恥ずかしがれなくしちゃうのって男のロマンじゃない？」

にっこり、眼鏡がずれていてもクリアに見えてしまった美貌の上機嫌すぎる笑みにぞくりと背筋が震える。潔癖気味の景にとってそんなロマンは未知の領域、考えたこともない。

もしかしてさっきのは失言だったかも、と悟ったときには遅かった。

「ねえ、もっと触らせて……？　脱がせるね」

甘い吐息混じりの声で軽やかに告げられた内容に返事をするより早く、下着の中にもぐりこんでいた手が下衣をまとめてひき下ろして一瞬にして脱がされてしまった。下半身の涼しさに真っ赤になって声も出せずにいるうちにカーディガンとシャツも奪い取られる。体に長い腕が回ったと思ったときには仰向けになっていて、布団の上で組み敷かれていた。

あまりのことに眼鏡の下で目を瞬いた景は、呆然と聞いてしまう。

「あの……、て、手際がよすぎませんか……？」

「そう？　早く景を食べたくてうずうずしてるからかなあ」

ぺろりと唇を舐めてそんなことを言ってのけた久瀬は、自らの服を脱ぐのにも一切ためらいがなかった。互いに一糸まとわぬ姿になったことにどぎまぎして目を閉じてしまうと、くすりと笑った気配がして眼鏡に手をかけられる。

「これもはずしていい？　かけたままのがいいの？」

確認してくるのは憶えてないからだとわかっていても、こういうのはなんだか恥ずかしい。目をつぶったままお願いした。

「……はずしてください。壊れたら困るので……」

「そうだね、汚れても困るしねえ」

コメントできずにいる間に久瀬が景の眼鏡をはずしてケースに仕舞ってくれた音がする。ようやく目を開けた景が「ありがとうございます」と生真面目にお礼を言うと、「どういたしまして」と少しぼやけて見える恋人がにっこりした。

するりと大きな手のひらで頬を包みこまれて、胸の高鳴りを覚えながら見上げていると美貌が近づいてくる。近づくにつれてクリアに見えるようになって、視線が絡んだ。

キスの予感にごく自然に瞳が閉じてしまうと、ふ、とやわらかく笑った気配がして唇が重なってきた。抱きしめられて体も重なり、張りのあるなめらかな肌、互いの腰の熱が密着する生々しい感覚に鼓動が一気に速くなる。

やさしいのに艶めかしい、巧みな深いキスに酔わされる。温かく大きな手のひらで腕や肩、背中、腰へと雪肌を味わうように撫でられているだけで堪らなくぞくぞくして、じっとしていられないような熱が体のすみずみまで溜まっていった。

「……ねえ、ここ、舐めてあげようか」

ぬるり、と中心に指を絡められて、びくっと身をすくませた景はかぶりを振る。

「だ、駄目です」

「なんで？」

「汚いですから……」

「お風呂入ったでしょう」

言っている間にも、唇はゆっくりと頬から首筋、鎖骨、胸へとたどってゆく。ぞくぞくしながら形のいい頭を胸に抱きしめるようにしてそれ以上の降下を止めると、涙目で息をあえがせている景をちらりと見た久瀬がいたずらっぽく瞳をきらめかせた。

「……ぁっ」

すでに色づいてとがっている片方の胸の突起をちゅくっと含まれて思わず声が漏れる。慌てて口を閉じるのに久瀬は感じやすいそこに軽く歯を当てて刺激し、さらに片手ではくちくちと音をたてて潤んだ先端をいじめてくる。

「ほら、どんどん漏れてくる……もう出したいよね？　いいよって言ってくれたら、すごく気持ちよくしてあげる」

「だ、め、です……っ」

「そんなこと言わないで？　こんなに綺麗な色で美味しそうなのに『俺』が口にしなかったとかありえないし、あいつだけ許されてるとしたら妬いちゃうよ」

ぬるぬるになった大きな手のひらでやわらかな袋ごと包みこんで、軽くもみこむようにしながらそんなことを言う。腰を痺れさせるような快感に身を震わせながらも、景は必死の思いでかぶりを振った。

「ほんとに、だめです……っ。前の遼成さんだけ特別とかじゃなくて、いまされたら、今日はもうキスできなくなるので……！」

一回のまばたきの間にすべて察したらしい彼が、淡い苦笑を見せた。

「あー……だよねえ、景ならそうなるって言われる前に気付くべきだったね。ごめん、うっかりしてた。じゃあここはまた今度、お風呂に入ってるときにね」

「……はい」

赤くなって頷いた景ににっこりした恋人は、以前も同じように「俺が口をゆすげる場所なら景も平気でしょ」とお風呂場を提案した。同一人物とはいえこの対処の速さはつくづくすごい。ちなみに数日後には「枕元に口をゆすぐ用の水と洗面器を用意するのでもいいんじゃない？」というアイデアを思いついて専用の洗面器を買いに行く予定だったから、近いうちにきっと同じ展開を見せるだろう。

「じゃあ次回のお楽しみはとっておくことにして、先に進もうか」

「……っゴム！　使ってください……！」

中心からそのまままさらに奥へとすべりこんできた大きな手にぞくぞくしながらも訴えると、「あ、そっか。慣らすときも使うんだったね」と納得顔になった久瀬が身を起こす。腕を伸ばして取り上げたウェットティッシュで景が頼まなくてもちゃんと先に手を拭い、それからゼリー付きの避妊具をひとつ封を切った。

潤沢なぬめりを纏《まと》ったゴムを取り出しかけた彼が、いたずらっぽく瞳をきらめかせた。

「景、最初は一本？　どれ？」

目の前で大きな片手を広げての問いにきょとんと目を瞬いたあと、自分の蕾をほぐすための指とその数を確認されているのだと察した景はさっと赤くなる。好きにしてくれていいのに、と思うものの、久瀬には恋人だったときの記憶がないのを思い出して眉が下がった。

少しためらったものの、瞳を伏せて小声で答える。

「……中指と、人差し指だったみたいです」

「最初から二本？　景の体がけっこう慣れてきてたのかな」

「あの、ゆ、ゆっくり……！」

「ゆっくりね、あ、ちょっと待って」

にこりと頷いた久瀬は、景が教えた指にゼリー付きゴムを装着する。

「それで、俺はどうやってた？」

「い、言わなきゃ駄目ですか……？」

困り顔で見上げるのに、間近にある美貌はどことなく楽しげな笑みを湛えて頷く。

「ごめんね、だって俺憶えてないし。俺が知っていたころよりすごくたくさん景に触れるようになっているのは確かなんだけど、なんでもOKってわけじゃないでしょ？　教えてくれないと変なことしちゃうかも」

そう言われたら、恥ずかしいから言いたくないなんて言えなくなってしまう。

自分が潔癖気味で神経質なのがいけないんだしなあ、と眉を下げた景は、覚悟を決めて自らの愛撫の仕方を恋人に教えた。

「……最初は、ゴムをした指先でお尻の……孔《あな》の上を何度も撫でて……、えっと、その間に俺にキスしてくれたり、胸……とか、前とか……たくさん触って、……あの場所がひくひくしてきたら……ゆっくり、入れるんです……」

「根元まで？」

「……っはい」

「それから？」

ここまででも顔から火が出そうなくらい恥ずかしかったのに、まだ先まで説明させる気らしい彼に潤んだ瞳を向けてしまう。でも染まった目許になだめるキスを落とされるだけだ。

「ねえ、教えてよ景……、俺がしてたのと同じようにしてあげるから」

ためらっているのを見透かしたうえで、続きをそそのかしてくる低くて甘い声。うう、と羞恥に押しつぶされそうになりながらもなんとか続きを伝えた。

「それから……、俺の中にある、気持ちいいところを押すっていうか……転がすっていうか……なんか、とにかくそんな感じにしながら遼成さんの指を……出したり入れたりして、慣れてきたり、一回出ちゃったら……指が、増えます……」

「なるほどねえ、お尻を弄られてるだけで出しちゃうくらい景には好きなとこがあるんだ？」

「……っ」

なるほど、なんて言っているけどなんだかわかっていたように聞こえるのは気のせいだろうか。……気のせいであってほしい。いまさらながらに気付いたけれど、いまのってもしかしたら一種の言葉責めだったかもしれない。

説明だけですっかり消耗してしまった景の髪をやさしく撫でた久瀬が、羞恥で潤んだ目許に褒めるようなキスをした。

「教えてくれてありがとう。俺がしてたのと同じように準備してあげる。やさしく抱いてあげるから、最後までがんばろうね」

笑みを含んだ甘い声に頷くと、久瀬は約束した通りに教えられた手順を守って丁寧に景の体をひらいていった。

甘やかす愛撫でつま先まで悦楽に浸されて、感じやすくなった体をゆっくりとほどかれてゆく。一回達したあと、指が増えて蕾をさらにほぐされた。ローションまで足されたせいでぐちゅぐちゅとひどく濡れた音がたって、鼓膜まで嬲られる。

「遼成さん……っ、もう、そこ、やめ……っ」

大きく息を乱して厚い肩を押すようにして訴えると、白い肌に鮮やかに色づいた胸の突起を片手で弄り、片方は口にしていた久瀬がようやく顔を上げた。

「そこってここ?」

「違……っます」

いたずらっぽく瞳をきらめかせた彼に胸に軽く歯を当てられて、ぞくぞくしながら景は小さくかぶりを振る。きゅうんと長い指を締めつける内壁にくすりと彼が笑った。

「ごめん、お尻の方だったね。この中、すごく丁寧に『俺』に仕込まれてるよねえ……」

かあっと染まった景の目許にキスを落として、久瀬は泣きどころを器用な指先でぐちぐちと刺激してくる。

「景、このまま一回指でイって？　そしたら俺の、入れてあげる」

「……っ」

選択権はたぶんなかった。返事をする前に形のいい唇で深く唇を割られて声を奪われ、前も後ろも容赦なく煽り立てられてあっという間に限界を迎える。

びく、びくんと体を震わせて大きな手のひらに蜜を放ったら、ようやくキスがほどかれて久瀬が少し身を起こした。達したばかりで息をあえがせ、とろりとした瞳で目尻を濡らしている景を眺めてうっとりと目を細める。

「気持ちよくて泣いちゃったの……？　もー……可愛いなあ」

白濁に濡れた手のひらを当然のように口許に運びかけて、ぎょっとしたような顔になった景に気付くと「ごめん、うっかり」と笑ってウェットティッシュで拭う。

新しいゼリー付きゴムのパッケージを手にした久瀬が、軽く首をかしげて聞いてきた。

「これ、どうしても着けなきゃ駄目……？」

「お願いします」

着けないであんなところに入れるなんて考えたこともない景が迷いなく頷くと、少し残念そうに吐息をついたものの「了解」と封をきる。

久瀬が改めて景の脚を割り開いた。恥ずかしいくらいに大きく開かされて羞恥に染まった顔を横に向けるなり、甘い声が無体な命令を下す。

「景、こっち見て？　キスもできないよ」

「……恥ずかしいです」

「うん、そういうときの景の顔って綺麗で可愛くて大好きなんだよねえ」

色っぽく吐息の混じった低い声で甘くそんなことを言ってのける彼に、ああやっぱりこのひと天然タラシなうえにナチュラルSだ、と眉を下げてしまうものの、惚れた身は弱い。景は仕方なく久瀬の方に染まった顔を向ける。

とろける笑み、甘やかすキス。口内を愛されているうちに羞恥と緊張がやわらかくとけていって、ぬるりと蕾にあてがわれた熱さえ気持ちよくてひくんと体が震えてしまった。

たっぷり濡らされ、すでに口を開きかけている場所にゆっくりと圧力がかかる。ぬちゅ、とゼリーとローションのせいで粘度のある水音をたてて先端が埋めこまれてゆく。

「……う、ふ……っ」

ゆっくりと入ってこようとしているのは、想像以上の熱さ、指とは比べ物にならないものすごい重量感。無意識に体がすくんで呼吸が浅くなると、すぐに侵入が止まった。

自らを抑えるように久瀬が深く熱い吐息をついて、やさしい手でなだめるように景の髪を撫でる。

「大丈夫だから、息、深くしようね……？」

「す、すみません、わかってるんですけど……」

「ああ……、景はすごく繊細だからねえ」

彼が思案げに軽く首をかしげて呟く。

「指……はいろいろ触っちゃったから無理かな。じゃあ……」

間近に恋人が美貌を寄せてきた。

「俺の舌、舐めてて」

「舌……?」

「そう。ずっとだよ」

口づけられ、するりと中に入りこんできた彼の舌を戸惑いながらも舐めると、褒めるように髪を撫でられる。これでいいらしい、と理解した景は艶めかしく濡れたものを従順に舐め続けた。

キスが少しずつ離れてゆくけれど、ずっと舐めているように、という指示に従おうと景は舌を伸ばしてゆく。そのうち唇が離れて、舌先だけ絡め合うようなキスになった。

「……っ」

ずぬ、と体内に熱塊が進んできた。侵入の再開はわかったものの、彼の舌を舐めていると口が閉じられないし、舌先を交わらせる気持ちよさが意識を散らすのか体がこわばることもない。なだめるようなやさしい手で髪を撫でてくれながら、恋人がそのままゆっくりと奥まで押し入ってくる。

体の内側をいっぱいに満たしてゆくような圧迫感に息が乱れた。指で拓《ひら》かれなかった奥の方まで貫かれてゆく感覚は怖いのに、キスで煽られているせいかやけにぞくぞくする。

どこまで入ってくるのかわからないくらいのものに息苦しさを感じながらもなんとか舌先を交わらせるキスを続けていると、ふいにお尻に引き締まった腰がぶつかった。景は大きく目を見開く。

「……うそ、あんなのが、こんなにすんなり……？」

「ん……、ちゃんと準備したからねえ。今日だけじゃなくて、『俺』が何口もかけて仕込んだ甲斐《かい》があったよね」

色っぽい吐息をついてから、にっこりして久瀬が言う。

「痛くないよね？」

「……はい」

「ちょっと苦しい？」

ためらいながらも正直に頷くと、恋人が大きな手のひらでいたわるように腰のカーブからお尻の丸みを撫でた。

「少しだけ我慢してね、すぐに気持ちよくしてあげるから」

そんな風に言われても、こんなにいっぱいな感じがするのにすぐに気持ちよくなれるとは思えない。半信半疑な気持ちが眉根に表れると、眉間にキスを落とした恋人がきらめく瞳で顔をのぞきこんで低く囁いた。

「……俺ねえ、景がここを俺のでこすられるの、好きにさせる自信があるよ」

濃厚な雄の色香を湛えた笑み、不遜《ふそん》な宣言に大きく心臓が跳ねる。本能で危険を察知した体が逃げそうになったら、がっちり腰を掴まえた彼が逆にぐっと自分の方に引き寄せた。

「ひぅ……っ」

充血しきった内壁を熱塊がわずかに摩擦しただけで、ぞわっと腰から全身へと不可思議な痺れが広がる。戸惑った瞳を向けると、「景、中もすっごく敏感だよねえ……」と満足げに呟いて唇を舐めた久瀬がさらにゆっくりと奥だけを何度も突いてきた。

「う……っふぅ、ん……っ」

突かれるたびに痺れの甘さと強さが大きくなるようで、口を閉じていてもやけに甘ったるい鼻から抜けるような声が漏れてしまう。

「ああ……いいね、景の中、すっごく俺のに懐いてきた……」

吐息混じりの艶めかしい呟きの意味が、わかりたくないのにわかってしまった。最初は生理に逆行する形で押し入ってきた大きな異物に驚いていたような体が、いまはむずがゆいような粘膜を掻《か》いてくれる剛直に勝手に吸いつき、まとわりついてゆく。

初めてなのに淫らに反応している体に気付かれたことに、かあっと全身が羞恥に炙《あぶ》られた。

「や……っ」

「やじゃないね？　嘘ついたらいじめちゃうよ」

即座にいたずらっぽく瞳をきらめかせた恋人に逃げ道まで潰《つぶ》されて、瞳が潤む。

「気持ちよくなってきた、でしょ」

うう、と返事をためらったものの、嘘をついていじめられるのは困ると真っ赤になって頷くと、恋人の美貌がきらめく笑みにとける。くしゃりと褒めるように髪を撫でられたと思ったら、唇が深く重なってきた。

甘やかすキスに酔わされる。ゆったりと波打つような動きで奥を突かれる快感にも少しずつ慣れてきた……と思ったら、ふいに久瀬が一気に腰を引いた。

ざあっ、と全身が総毛だつようなえも言われぬ感覚に大きく背がしなって唇が離れた直後、肌がぶつかる音と共に一気に快感が突き抜ける。

「あぁあ……ッ」

「ん……景の中、いますごいきゅうってなったね。めちゃくちゃ気持ちいい……」

はあ、と大きく艶めかしい息をついた彼がまた腰を引く。熟れきった内壁を太くて硬いものが摩擦してゆく感覚に身を震わせていると、抜け出る目前でそれが引き返してきた。

「……っ」

「今度は浅いとこね」

ごりゅ、と泣きどころを抉られて、あられもない声があがった。思わずぎゅうっと厚い肩を抱きしめると、その仕草を気に入ったのか久瀬は同じところを何度も刺激してくる。

「やぁ……っ、や、だめ、それだめ、遼成さん……っ」

「ん……？　これ以上したらイっちゃう？」

涙目で頷くと、「じゃあ今度は奥のいいところ見つけようね」なんて甘い声で囁いて、また深くまでずぶずぶと貫いてきた。

「あっ、あ……っ、だめです、そこ、ほんとに……っ」

「ああ……ここに当てると中がうねっちゃうね。だめになっちゃうくらいイイんだ？」

にこりと笑んで正確に判断してしまう恋人は、景のことをよくわかってくれるすごい人だけれどこういうときには困る。

さらに困るのはやさしい顔をして天然でSなところだ。気持ちよすぎて涙が零れてしまう景にうっとりと笑んで、容赦なく快楽を増幅させてもっと泣かせようとする。

「あー……すごいね、景、やっぱり胸が好きだよねえ……。弄ると中がすっごいびくびくして、俺のに上手に吸いついてくる。気持ちいいよ……」

ゆったりと穿《うが》ちながら景のとがりきった胸の突起まで長い指の先で転がすように弄って、染まった目許を濡らす涙を愛おしげに舐めてくる。

与えられるのは体験したことのない濃度の快感。それなのに絶妙に達することができないようにコントロールされて、溜まり続けてゆく熱に意識に霞《かすみ》がかかってしまう。勃ちきってとろとろと蜜を溢れさせ続けている自身を何とかしたくて無意識に手を伸ばしたら、即座に摑まってシーツに縫い止められた。

「やあ……っ、もう、い、イかせてくださ……っ、お願……っから……っ」

「まだ早いよ、せっかく奥の気持ちいいとこも覚え始めたとこでしょう」

「だ、だってこんなの、もうこわい……っ」

「大丈夫だよ、怖くないよ。もっと気持ちよくなっていくだけ。ちゃんと俺のだけでイけるようにしてあげるから、もうちょっとだけ頑張ろうね」

泣いてお願いしているのに、やさしい声と手でなだめながらも久瀬は許してくれない。極めそうになるたびにはぐらかしながら丁寧に快感を教えこんで、内側から景の体をつくり変えてしまう。

決定打をおあずけにされたまま延々と与えられる快感はもはや甘い拷問だ。涙と嬌声《きょうせい》が止めようもなく溢れ、何も考えられなくなった。

「ん……景、中の全部好きになったね。入口から奥までまんべんなくしてあげるだけで、イきそうになってるでしょう。全部気持ちいいね？」

じっくりと中を味わい、景にも彼の長さと太さを味わわせるようにして長いストロークで腰を使いながらの艶めかしい声での指摘はたぶんその通り。でももう意味がうまくつかめない景は泣きじゃくってかぶりを振る。

「もう、やぁ……っ、気持ちいいの、もういらない……っ、遼成さんの、抜いてぇ……っ」

「そんな無茶言わないで」

苦笑した久瀬が逆に奥まで深く埋めこんだまま動きを止めて、上気して快楽の涙に濡れた顔を見つめてくる。ひっ、ひっ、としゃくりあげているのに花のように目許を染めてとけきった表情をしている景に、満足げにとろりと笑んだ。

「あー……すっごい可愛い……。こんなに泣かせちゃってごめんね。でも綺麗で色っぽくて、ずっと見ていたくなっちゃうねえ……。とりあえず、いま抜くのは無理だから」

「むり……？」

「うん、無理」

ぶわ、と瞳から涙を溢れさせた景の頬に笑みを湛えた唇を寄せた久瀬が、やさしいキスで雫を吸い取った。

「でも俺ももうちょっとだから、一緒にイこう、ね……？」

これ以上の快楽はつらいけれど、とにかく終わってくれるなら……とぼんやりした頭で甘い声に頷くと、艶めかしく唇を舐めた久瀬が景の両脚の膝裏に手を入れ、ぐいとあられもない体勢に持ちこんだ。

「やさしくなくなるけど、もうついてこれるよね」

きらめく瞳で告げられたのは不穏な言葉。どういうことかちゃんと理解するより先に、絶頂に駆け上がるための抽送が始まってしまう。

それは、これまでのゆったりした抜き差しとはまったく違った。

肌がぶつかりあう音が響く激しさで最奥《さいおう》まで勢いよく突き入れられ、引き抜かれ、淫らな水音と共に熟れきった内壁を容赦なく蹂躙《じゅうりん》される。それなのに高まりきっていた体はすさまじいばかりの愉悦を生んで、あっという間に追いつめられた。否応のない悦楽の限界がやってきて、甘い悲鳴が零れる。

「いぁあっ、あぅっ、アァー……ッ」

びくびくと身を震わせて絶頂のしるしを放っている間も狭まった内壁を容赦なくこすりたてられて、目の前がまばゆくハレーションを起こした。中がうねって大きな熱杭《ねっくい》をきつく締め上げると、恋人が色っぽく眉根を寄せて少しかすれた声で囁く。

「ン……、イく、から、景も、もう一回」

まだ雫を零している景の中心を握りこむなり、残りの蜜まで吐き出させるようにそれを根元から搾り、腰をひときわ強く突き上げてくる。強烈すぎる快感にぶわっと目の前が白く塗りつぶされた。

一度に大量のストロボをたかれたような瞳は、閉じていてもチカチカする。激しく息を乱した景がぐったりと力尽きていると、深い息をついた久瀬にゆるやかに抱きしめられた。

乱れた息を零している唇に、こちらも息の上がった唇で軽いキスの気配。汗ばんだ額、濡れて染まった両の目許、再び唇へと、美味しいものをついばんで、慈しむようなキスが降らされる。

濃すぎる愉悦の余韻に指先まで痺れているようだけれど、甘くやさしい仕草が幸せでふわりと胸を満たされてゆく。

このまま気持ちよく意識を飛ばしてしまうところだったのに、まだ断続的に痙攣《けいれん》している内壁を刺激してずるりと質量のあるものが引き抜かれてゆく感覚にびくっと目が開いてしまった。とっさに止めるように逞しい体軀を抱きしめると、交わったばかりで滴るような色気を纏っている久瀬がゆったりと首をかしげる。

「ん……？　どうしたの」

「い……いま抜くの、駄目、みたいです……」

「ああ……気持ちよくなっちゃうの？　でも中にゴムが残ると困るでしょ」

「……！」

色っぽく笑んでそう言った久瀬は、景が抱きしめていても腰だけ引いてまだ存在感たっぷりなものを全部抜き、器用なことに手許も見ずに口を結んだゴムをゴミ箱に捨てる。それだけ終えるなり、細い腰を抱いた彼がさっきまで彼のものを飲みこんでいた場所にぬるりとした熱を押しつけてきた。

「りょ、遼成さん……!?」

「ん？」

にっこりしているけれど、景の言いたいことはわかっているはずだ。それなのにまだ熱をもってひくひくしている敏感な入口を嬲るように谷間をこすってきて、止められないでいるうちに快楽の凶器が完全復活してしまう。

なぞられているだけでぞくぞくしながらも、景はおののいた瞳でかぶりを振った。

「も、もう無理です、死んじゃいます……！」

「大丈夫だよ、俺が景を死なせるわけがないでしょう。せっかく恋人と最高に相性がいいのがわかってうれしいから、もうちょっとだけ愛し合いたいなーって思っているだけ」

「遼成さんのもうちょっとだけは、絶対信用できないです……！」

「まあまあ、そういうのは個人の感覚だから多少のズレがあるのは仕方ないよ」

多少とかいうレベルじゃないのにしれっとそんなことを言ってのけた。思わず眉を下げると、久瀬が眉間にキスを落として甘い声で聞いてくる。

「ねえ景、どうしてもいや……？　俺、やっぱり景の中の感触を直接味わってみたいんだけど……」

ぬぷ、と先端だけまだやわらかく開いている口に少し押しこまれて、さっきよりも生々しく感じられるような熱と質感に落ち着きかけていた鼓動がまた速くなる。

「で、でも……」

「景は俺の、ゴムとかに邪魔されないで感じてみたくない……？」

耳元で囁く吐息混じりの低くて甘い声の威力ときたら反則だ。ぞくぞくして思わず本心が零れてしまった。

「感じてみたい、です……」

「だよねえ」

にこりと笑った久瀬が、いまにも入ってきそうな圧力をかけながら聞いてくる。

「じゃあ、このまま入れてもいい？」

「……で、も……っ、そんなの……」

「お願い景、いいって言って……？」

ためらいを根こそぎ持っていってしまうような、甘い、甘いおねだり。鼓膜の震えが全身に渡って、あえなく陥落してしまう。ぎゅっと目を閉じて景は頷いた。

「……遼成さんが、本当に気にならないなら……！」

自分のためというより久瀬のことを気にして抵抗していたことに気付いた彼が少し目を見開いて、ふ、と愛おしげに瞳をやわらがせた。

「あーもう……愛してるよ、景。俺のものになってくれてありがとう」

気持ちのこもった甘く低い声で囁くなり、深く唇を重ねてきた。舌が入ってくるのと同時に、体内を灼《や》いてゆくような恋人の直接の熱が深く戻ってくる。

再び濃密すぎる悦楽の海に溺《おぼ》れさせられた景が意識を取り戻したのは、お風呂場だった。上機嫌でハミングしている恋人にお風呂に入れてもらいながら、疲労で指一本動かせない状態の景は『ゴムを使用すると二ラウンドがセットになってしまう』ことをいまさらのように悟って、今後の使用をどうするか頭を悩ませていた。

【10】

四月初めの土曜日。庭で草取りをしていると、玄関の方から向かってくるゆったりした足音が聞こえてきた。手を止めて顔を上げた景の視線の先には、予想通りにうららかな春の日差しが似合うきらめくような恋人。

「ただいま」

「おかえりなさい」

にっこりする遼成に、景も少しはにかんだ笑みを返して立ち上がる。

こうしてまた彼と同じ家で暮らせるようになって、はや数カ月。部分的にではあるものの、遼成は記憶喪失だったころに景と過ごした時間の記憶を取り戻しつつある。それは偶然によるものじゃなくて、彼が二人の思い出を取り戻そうと努力してくれている成果だ。

「景が手に入るんならそれで十分……って思ってるのは本当だけど、やっぱり自分のことなのに思い出せないのってはがゆいし、いろんな初めてをもらった『俺』に全然嫉妬しないではいられないからねえ」と苦笑混じりに打ち明けた遼成は、デジカメの写真を見ながら景から話を聞いたり、同じ場所を歩いてみたりしている。さらに「できることはする」というスタンスから病院で専門的なカウンセリングも受けていて、今日は月に一度の通院日だった。

「どうでしたか？」

「んー……、今回はあまり効果なし。まあこれまでの回復がうまくいきすぎてたくらいだって先生も言ってたしねえ。全部思い出せるとは限らないんだって」

穏やかな口調ながらも淡い苦笑を浮かべている恋人の心情を思いやって眉を下げかけたものの、小さく深呼吸した景は思いきって言ってみる。

「あの、全部思い出さなくてもいいと思います」

「うん？」

「遼成さんが憶えてなくても、俺がちゃんと憶えてますから。遼成さんが知りたかったらどんなことでも、何度でも話しますし、同じようにしたかったらなんでも付き合います。それに、嫉妬する必要なんてどこにもないですからね。俺を見てたのはあなたの目で、俺にキスしたのはあなたの口で、俺に触ったのはあなたの手なんですから……」

じわじわと頬が熱くなるのを感じながらもなんとか最後まで言いきると、いつにない熱弁に瞠目《どうもく》していた彼がふわりと笑って頷いた。

「……うん、そうだね。その通りだ」

言いながらポケットから何かを取り出して、シャッター音を響かせる。彼がプライベート用にしている超高画質の最新型デジカメだ。

「……もう撮らなくていいんじゃないですか」

記憶は戻ったんだし、と何度言っても遼成はしれっと拒絶する。

「記憶喪失だったときの記憶がまだ戻ってないでしょ。それにいまのは仕方ないよね、景が可愛いこと言ってくれながらどんどん可愛くなっていくのを撮らずにいられるわけがない」

「意味がわかりません……」

「どうしても撮られたくなかったら『なんでもしてあげる券』を使ってみたら？」

にやりと笑って勧めてくる遼成は『なんでもしてあげる券』についてはまだらな記憶を取り戻せたらしく、その有効性を認めてときどき使用を促してくる。

「本当に使っていいんですか」

意外に思って聞いてみると、真顔で頷かれた。

「いいよ。ただ俺が景を撮れなくなることですっごく悲しくなるけど」

「……そんな風に言われたら使えません」

「景のそういうとこ大好き」

にっこりする恋人に思わずため息。とはいえ彼に撮られるのに慣れてしまった景も『なんでもしてあげる券』を使ってまで止めたいとは思っていない。ちなみに恋人は普段からなんでもしてくれるから、景にとってあの券はすでに写真の方がメインだ。そのときの気分でフレームに入れて、床の間に置いて黒松とのコラボレーションを楽しんでいる。

「そろそろお昼ですよね。何にしましょう」

ガーデングローブをはずしながら彼の方に向かいかけると、「あ、そういえばお土産買ってきたんだった」と遼成が肩にかけていたバッグを探った。ビニール袋を二つ取り出して、ひとつを片手で軽く掲げて見せる。

「そこから見て何だかわかる？」

足を止めて、何も印刷されてない無地の白い袋に眼鏡の奥で瞳をこらしていると、ふっと風に乗って食欲をそそる香りが流れてきた。正解を察した景は唇をほころばせて断言する。

「たこ焼きです」

「残念、これは春植えの球根だよ。景が今日は庭仕事するって言ってたから一緒に植えようと思って買ってきた」

「え、でもソースの匂いが……」

「それはこっち」

にやりと笑った彼がもう片方の手に残っていたビニール袋を掲げる。同じくらいの大きさだけれど、確かにこっちの方がたこ焼きパックにふさわしい横長な形。

「ひっかけ問題じゃないですか……！」

「うん、素直にひっかかってくれる景ってほんと可愛くて大好き」

にっこりしてのたまった恋人にはもう何と言ったらいいのか。啞然《あぜん》として固まっている景を彼は上機嫌で手招く。

「熱々のうちに食べよ？」

「……遼成さんって、本当にいたずらっこですよね」

「そうだよ、景は特に俺に狙われてるから気をつけて」

呆れ声で咎めたのに悪びれもせず返ってきたのは楽しそうなアドバイス。困った人だけれど、そんなところも楽しくて好きなのだからどうしようもない。

玄関で靴を脱ごうとしていたら、隣から不思議な指示がきた。

「景、ちょっと上向いて」

「上？　……っ」

見上げるなりちゅっと軽いキス。目を瞬く景に遼成がにやりと笑う。

「さっき忠告してあげたのにねえ。おかえりなさいのキス、勝手にいただきました。ごちそうさま」

「……お粗末さま、です……？」

戸惑い全開なのに律儀に返すなり、恋人の美貌がやわらかな笑みにとける。くしゃくしゃと髪を撫でて上がるように促された。

「早くうがいしよう」

うがいしよう、が「ちゃんとしたキスをしたい」という意味だとわかってしまうのはこれまでの経験から。

潔癖気味でキスさえ満足にできなかった自分が、いまでは舌が入らない軽いキスならうがいや歯磨きなしで受け入れられるようになっている。恋人といるうちにゆっくりといろんなことに慣れていった結果だ。

「……っ」

（たぶん、遼成さんだからここまで平気になれたんだ……）

景の神経質な面もおおらかに受け入れてくれて、気持ちを尊重してくれた。彼が大事にしてくれるからこそ、自分も恋人に喜んでもらいたくて頑張れた部分もあったと思う。

人を大切にするのは、自分を大切にするのと同じことなのかもしれない。心を閉ざさずに周りを愛することができるひとだからこそ、周りからも愛される。遼成といるうちにそう思うようになった。

景が神経質で潔癖気味なのはいまもそう大きく変わっていない。だけど、恋人のしなやかな考え方や彼がくれた自信が人付き合いにも影響を与えているみたいで、前より楽な気持ちで過ごせるようになったと思う。日々に散りばめられた小さな喜びと幸せを楽しむ余裕が出てきた……気がする。とりあえず、記憶に残る世界の色が前よりずっと鮮やかになった。

うがいをしている長身の広い背中を見ていたら、胸の奥からあたたかくて甘い気持ちがどうしようもなく湧いてきて、声になって溢れた。

「遼成さん」

「ん？」

「大好きです」

げほ、とうがいの途中だった彼が咳《せ》きこむ。

「だ、大丈夫ですか……？」

焦って背中をさする景に、なんとか立ち直った遼成がなんとも言えない眼差しを向けた。

「……景、いつもは俺に聞かれないと言ってくれないのにどうしたの。いきなりすぎてびっくりした……」

言われてみたらその通りだ。遼成はしょっちゅう甘い言葉をストレートにくれるけれど、こっちからはほとんど言っていなかった。いくら照れくさいからって甘えてばかりだったことを景は反省する。

「すみませ……」

長い指先が唇に触れて謝罪が途切れた。目を瞬くと恋人がいつも以上に甘い声で告げる。

「謝ることじゃないよ。綺麗好きなのにいろいろ許してくれる時点で景にとって俺だけが特別だって言われなくてもわかるし、そのうえでめったにもらえない言葉までもらえると喜び倍増だから景はそのままがいいよ。とりあえず超特急で手洗いとうがいをすませてくれる？

俺、いまのですごい盛り上がっちゃったから」

「……！　た、たこ焼き食べるんですよね」

「あとでね」

にっこりしての返事はなんだかとっても意味深だ。こういう眼差しをしている遼成からキスをされてそれだけで終わったことはない。

「……球根、植えるって……」

「天気予報によると明日も晴れるって」

これは完全に予定変更確定のお知らせ。どうやら自分はうっかり恋人のモード切り替えスイッチを押してしまったらしい。

「……明日、俺だけ庭に出られない状態にするのだけはやめてくださいね」

じわじわと頬を熱くしながらもお願いすると、とろけるような笑みを見せて返された。

「がんばれ」

このエールの意味がわかってしまうくらい遼成の愛し方に慣れてしまった景は、ちょっとだけ困った顔をして、それから恋人好みに染まった頬で頷いた。

あとがき

こんにちは。または初めまして。問之あまのでございます。

このたびは拙著『君恋ファンタスティック』をお手に取ってくださり、ありがとうございます。こちらは通算十二冊目のお話となっております。

今作はルチル文庫さんからの既刊二冊と韻を踏んだタイトルで同じ世界ですが、それぞれ完全に独立したお話となっております。こちらだけでも問題なく読んでいただけますので初めましての方もご安心くださいね。※既刊二冊ともに登場しているのは某マッシュルーム社長だけです（笑）。

さて、今作はいわゆる記憶喪失ものです。設定だけならシリアス系っぽいですが、『記憶のリセットで進む恋』というポジティブテーマなので号泣による脱水症状の心配はご無用です。悲しいお話が苦手な方もお気軽にどうぞ（ニコリ）。七月刊にもかかわらず真冬のお話になってしまいましたが、気にせずに楽しんでいただけたらなによりです。

イラストは、前作に引き続いて幸せなことに高星麻子先生に描いていただけました♪

いや〜、今回も本当に美しくて格好よくて眼福です。景が繊細な美人さんでイメージぴったりです♪　そして遼成さんがまさに美形！　これで天然タラシだなんて本当に罪な男ですよね（笑）。ちなみに遼成さんのピアスなどのアクセサリーは、しているイメージながらも思うところがあってあえて本文中で描写していなかったのですが、キャラフのときに高星先生が描いたうえで有無を確認してくださったのでびっくり&感激しました……！

高星先生、今回も素晴らしいイラストを本当にありがとうございました。金平糖が星のように零れる冬の明け方のような表紙も繊細で麗しくて（なおかつやさしい顔をして景くんをしっかり囲い込んでいる遼成さんが彼らしくて…笑）、うっとりです。

ちなみに本編にはまったく関係ありませんが、今作で出てきた商店街は別シリーズの主人公（↑うさぎ飼いのたべごろハニーちゃんです）がうきうき買い物をしていた商店街と同じという設定だったりします。違うシリーズのキャラクターたちが同じお店で買い物や食事をしているかもって想像すると、ちょっと楽しいですよね♪

「日常的に仲よしな人たちが好きなせいで無駄にいちゃいちゃシーンを書いてページが増えてしまうんです」と反省する私に、「無駄ないちゃいちゃなどありません（キリッ）」と心強い名言をくださった担当のF様をはじめ、今回も多くの方々のご協力とたくさんの幸運のおかげでこのお話をこういう形でお届けすることができました。ありがたいことです。

読んでくださった方が、明るくて幸せな気分になったらいいなあと思っております。

楽しんでいただけますように。

紫陽花の季節に　　間之あまの

✦初出　君恋ファンタスティック……………書き下ろし

間之あまの先生、高星麻子先生へのお便り、本作品に関するご意見、ご感想などは
〒151-0051 東京都渋谷区千駄ヶ谷 4-9-7
幻冬舎コミックス　ルチル文庫「君恋ファンタスティック」係まで。

幻冬舎ルチル文庫

君恋ファンタスティック

2016年7月20日　　第1刷発行

✦著者	間之あまの　まの あまの
✦発行人	石原正康
✦発行元	株式会社 幻冬舎コミックス 〒151-0051 東京都渋谷区千駄ヶ谷 4-9-7 電話 03(5411)6431[編集]
✦発売元	株式会社 幻冬舎 〒151-0051 東京都渋谷区千駄ヶ谷 4-9-7 電話 03(5411)6222[営業] 振替 00120-8-767643
✦印刷・製本所	中央精版印刷株式会社

✦検印廃止

ISBN978-4-344-83765-2　C0193　Printed in Japan